Christian Bieniek
Michelle XXL

Christian Bieniek,
Jahrgang 1956, schrieb zunächst für Fernsehen und Hörfunk. Doch schon mit seinem ersten Roman *Immer cool bleiben* gelang ihm auf Anhieb der Durchbruch. Inzwischen gehört er zu den erfolgreichsten Jugendbuchautoren Deutschlands. Der Roman *Svenja hat's erwischt* stand auf der Auswahlliste zum Deutschen Jugendliteraturpreis.

Weitere lieferbare Bücher in Arena Verlag und Edition Bücherbär:
Immer cool bleiben
Svenja hat's erwischt
Alles easy, oder was?
Voll ins Herz
Küss mich – jetzt!
Karo Karotte und der Club der starken Mädchen

Christian Bieniek

Michelle XXL

Arena

In neuer Rechtschreibung

1. Auflage 1998

Einbandillustration: Silke Brix-Henker
Einbandgestaltung: Karl Müller-Bussdorf
Gesamtherstellung: Westermann Druck Zwickau GmbH
ISBN 3-401-04857-0

5352

Was ist los, Michelle? Dein Wecker hat schon vor zehn Minuten geklingelt. Du musst aufstehen!«
»Wozu?«
Meine Mutter runzelt die Stirn. »Dumme Frage!«, brummt sie. »Steh endlich auf!«
»Wozu?«, wiederhole ich patzig, worauf Mutter mit finsterer Miene aus dem Zimmer rauscht.
»Wozu?«, schreie ich hinter ihr her. Mutters Antwort besteht darin, dass sie die Tür zuknallt.
Mit zusammengepressten Lippen schaue ich zum Kalender hinüber, der neben dem Spiegel hängt. Heute ist der 7. Oktober – und genau das ist der Grund für meine miese Laune.
Minutenlang starre ich den Kalender an. Erinnerungen an Tim wirbeln mir durch den Kopf. Mir wird abwechselnd heiß und kalt. Mein Magen fühlt sich an, als hätte ich einen Presslufthammer verschluckt. Die Zimmerwände, die alle mit Postern von Michael Jackson beklebt sind, beginnen sich langsam um mich zu drehen.
O Mann, bin ich noch ganz dicht?
Entschlossen balle ich die Fäuste und atme tief durch. Bloß nicht heulen!, sage ich mir immer wieder. Vergeblich. Blöderweise gewinne ich fast nie einen Kampf gegen meine Tränen. Auch diesmal kann ich nicht verhindern, dass sich meine Augen in zwei Springbrunnen verwandeln und kräftig drauflossprudeln.

Ich vergrabe den Kopf unterm Kissen und schluchze wie verrückt. Absolut idiotisch! Warum weine ich eigentlich wegen eines Jungen, den ich hasse wie die Pest und sowieso nie mehr im Leben wiedersehen werde? Dieser fiese Kerl hat keine Tränen verdient, sondern nur einen kräftigen Furz!

Mein Gejammer ist so dämlich, dass ich mich darüber kaputtlachen könnte. Und genau das tue ich auch, ohne jedoch mit der Heulerei aufzuhören. Bei diesem gleichzeitigen Wein- und Lachkrampf gebe ich total irre Geräusche von mir. Ich höre mich an wie die Bremer Stadtmusikanten, nachdem ihnen jemand ein paar Ecstasy-Pillen unters Futter gemischt hat.

Eine halbe Ewigkeit später kriege ich mich endlich wieder ein. Ich reibe mir mit den Ärmeln die Augen trocken, schniefe drei Taschentücher voll und steige aus dem Bett. Während ich in die Hausschuhe schlüpfe, zwinkere ich meinem Lieblingsposter zu.

»Weißt du, was wir zwei gemeinsam haben, Michael?«, murmle ich mit einem schwachen Lächeln. »Dass wir beide ab und zu was verlieren: ich meine Nerven und du deine Nase.«

■

Meine Mutter tippt auf ihre Armbanduhr, als ich in die Küche komme.

»Zum Frühstücken hast du leider keine Zeit mehr, Fräulein!«

»Macht nichts«, erwidere ich gelassen und nehme zwei Orangen aus der Obstschale. »Heute fang ich sowieso mit einer neuen Diät an, die ich mir eben unter der Dusche selbst ausgedacht habe.«

»So?«

Ich nicke. »Morgens zwei, mittags drei und abends vier Apfelsinen. Und zwischendurch kiloweise Süßigkeiten.«

»Meinst du, das bringt was?«

»Klar: eine Apfelsinenallergie und noch ein paar Tonnen Übergewicht.«

Mutter fährt sich mit zwei Fingern durch ihre ungekämmte braune Mähne. »Du warst schon mal witziger, Michelle.« Sie greift nach ihrer Kaffeetasse und trinkt einen Schluck. »Was sollte eigentlich eben der Quatsch mit dem wozu – wozu – wozu?«

»Das war kein Quatsch! Wozu soll ich aufstehen, wenn ich ganz genau weiß, was in den nächsten fünfzehn Stunden passieren wird? Schule, Mittagessen, Hausaufgaben, Basketball, Abendbrot, Hausaufgaben, Fernsehen – für mich ist der Tag schon gelaufen, ehe er richtig angefangen hat.«

»Deshalb hast du eben geheult?«

»Ja.«

Zugegeben, meine Antwort entspricht nicht ganz der Wahrheit. Aber das ist mir ziemlich schnuppe. Mindestens einmal am Tag muss ich meine Eltern einfach anlügen, sonst hätte mich ihre Neugier schon längst erstickt. Die beiden haben nämlich nur zwei Hobbys: Blechspielzeug und mich. Und weil sie wirklich alles über mich wissen wollen, werde ich von früh bis spät mit Fragen gelöchert. Ob sie irgendwann mal kapieren, wie sehr mich diese endlosen Interviews nerven?

In letzter Zeit schwindle ich allerdings nicht nur deshalb, weil ich unbedingt ein paar Geheimnisse für mich behalten will, sondern weil die Wahrheit so kompliziert geworden ist. Zum Beispiel die Sache mit Tim heute Morgen. Wie soll ich meiner Mutter begreiflich machen, warum mich die Sieben auf dem Kalender so durcheinander gebracht hat? Diese schwachsinnige Flennerei kann ich mir ja selbst kaum erklären!

Ich gieße ein Glas Milch ein und hole die Kakaodose aus dem Schrank. Meine Mutter tippt wieder auf die Uhr.

»Du kommst zu spät, Fräulein.«

»Ich hasse es, wenn du mich Fräulein nennst«, knurre ich. »Das machst du immer, wenn du stinksauer auf mich bist. Aber dazu gibt's doch gerade keinen Grund, oder?«

»Hm.«

Mutter kratzt sich an ihrem Giraffenhals, der doppelt so lang und halb so dick ist wie meiner. Dann steht sie auf und fängt an den Tisch abzuräumen.

Nachdem ich den Kakao ausgetrunken habe, sage ich »Ciao!« und stapfe in den Flur.

»Tschüss! Und denk nicht mehr an diesen Tim. Die Sieben ist nur eine Zahl wie alle anderen.«

Total baff bleibe ich stehen, fahre herum und starre meine Mutter entgeistert an.

»Du musst los«, sagt sie grinsend. »In der ersten Stunde schreibt ihr eine Mathearbeit. Hoffentlich gibst du dir dabei ein bisschen Mühe, Fräulein!«

■

»Warum regst du dich denn so auf?«, fragt mich Valeska auf dem Weg zur Haltestelle. »Ist doch toll, dass du für deine Eltern so wahnsinnig interessant bist!«

Ich ziehe eine Schnute. »Hast du 'ne Ahnung! Meine Erlebnisse gehören mir und nicht meinen Eltern, kapiert? Warum hat sich meine Mutter dieses bescheuerte Datum gemerkt? Die Sache mit Tim geht sie doch überhaupt nichts an.«

»Also ich find's super, dass sich deine Mutter ständig Gedanken über dich macht«, behauptet Valeska und pustet sich ihren blonden Pony aus der Stirn. »Für meine Eltern bin ich nicht halb so wichtig wie ihr Kegelklub oder der Fernseher. Wenn ich denen heute Abend erzählen würde, dass ich schwanger bin, würde mein Vater glatt sagen: ›Warte bis zum nächsten Werbeblock, dann reden wir drüber.‹ «

»Blödsinn!«

Valeska legt einen Arm um mich. »Komm, mach nicht so 'n finsteres Gesicht. Nach der letzten Pause haben wir zwei Stunden lang Geschichte. Freust du dich nicht auf Herrn Strobel?«

»Sonst noch was?«

Es fängt an zu regnen. Zum Glück sind es nur noch wenige Meter bis zur Haltestelle, wo wir von Aische erwartet werden.

»Schlecht geschlafen?«, begrüßt sie mich und drückt mir einen Schmatzer auf die Backe.

»Nee, schlecht aufgewacht«, antwortet Valeska an meiner Stelle und tauscht dann mit Aische ein paar Küsschen aus. »Heute ist der Siebte. Vor genau zwei Monaten hat Michelle ihre große Ferienliebe kennen gelernt.«

»Diesen Tim?« Aische runzelt die Stirn. »Warum denkst du überhaupt noch an den? Ich dachte, du hättest den Idioten schon längst abgehakt.«

»Dachte ich auch«, seufze ich. »Aber als ich vorhin aufgewacht bin und auf den Kalender geguckt habe, da ist irgendwas . . . da hat's mich irgendwie gepackt und . . . Ach, Scheiße! Ich weiß auch nicht genau, was los war. Jedenfalls sind bei mir alle Sicherungen durchgeknallt.«

»Was war denn eigentlich so toll an dem Typen?«, will Valeska von mir wissen.

»Dass er nicht kotzen musste, als er mich im Badeanzug gesehen hat.«

Valeska und Aische kichern. Die Blicke, die sie mir dabei zuwerfen, kenne ich nur allzu gut. So glotzen mich meine Freundinnen immer an, wenn sie ein Witz über meine Figur zum Lachen bringt: ein bisschen schuldbewusst, ein bisschen mitleidig und ein ganz kleines bisschen hämisch.

Die Bahn hält. Wir steigen ein und entdecken ganz hinten einen freien Platz, zu dem wir uns mühsam durchkämpfen müssen. Nachdem sich Valeska darauf niedergelassen hat, schlägt sie sich auf die Oberschenkel und sagt: »Los, mach's dir gemütlich!«

Damit ist natürlich Aische gemeint, die sich auch prompt auf Valeskas Schoß fallen lässt. Hätte *ich* das gemacht, müsste Valeska einen Monat lang mit Gipsbeinen rumlaufen.

Die beiden quatschen über die bevorstehende Mathearbeit. Weil ich nicht an den blöden Tim denken will, gucke ich mich neugierig um. Gibt's hier in der Bahn vielleicht irgendwas zu sehen, was sonst keiner sieht?

Vor ein paar Wochen hab ich ein Buch über ein fettes Mädchen gelesen, das ständig Dinge beobachtete, die niemandem sonst aufgefallen sind. Überhaupt benahm sich dieses Mädchen höchst seltsam. Da sie nun mal anders aussah als die anderen, wollte sie auch anders sein. Und darum sagte sie oft Sachen, die kein Mensch sagen würde, weil diese Sachen irgendwie zu zart und zu ehrlich waren. Manchmal redete sie allerdings auch völlig verschrobenes Zeug zusammen, mit dem niemand was anfangen konnte. Die meisten ihrer Bekannten hielten sie für total plemplem, was dem Mädchen jedoch völlig egal war.

Ehrlich gesagt hat mich der Roman ziemlich beeindruckt. Ich wäre auch gern so wie dieses Mädchen, aber ich kann mich umgucken, wie ich will: Mir fällt einfach nichts Ungewöhnliches auf. Im Moment sehe ich nur gähnende Schüler, die am liebsten noch bis um halb eins im Bett geblieben wären, und eine Horde von kleineren Jungs, die im Gang herumtoben und dabei einen Höllenlärm machen. Wenn mein Vater die Straßenbahn fahren würde, hätte er schon längst über die Lautsprecher für Ruhe gesorgt.

»Kommt, wir steigen schon hier in der Altstadt aus!«, schlägt Aische plötzlich vor und rutscht von Valeskas Schoß. »Ich brauch noch ein Käsebrötchen.«

Wir quetschen uns durchs Gewühl und springen aus der Bahn. Auf dem Weg zur Bäckerei werden wir von Daniel und Björn überholt, den beiden Komikern aus unserer Klasse.

»Hey, Michelle, wo willst du denn hin?«, ruft Björn mir zu. »Du musst am Straßenrand stehen bleiben.«

»Wieso?«

»Heute werden doch die Tonnen geleert, hahaha!«

Normalerweise würde ich auf so einen dämlichen Witz mit ein paar kräftigen Schimpfwörtern reagieren. Aber ich denke an das Mädchen in dem Buch, gucke Björn ganz fest in die Augen und sage leise: »Dein verletzender Spott bricht mir eines Tages noch das Herz.«

Björn macht ein so verdattertes Gesicht, als hätte ich ihm auf die Schultasche gepinkelt.

■

Zu blöd, dass in der Mathearbeit ständig die Zahl Sieben vorkommt! Eigentlich wollte ich keinen einzigen Gedanken mehr an Tim verschwenden, aber ich kann nichts dagegen tun: Seit ich heute Morgen aufs Datum geguckt habe, geht er mir nicht mehr aus dem Kopf.
Vor genau zwei Monaten, am siebten August, quatschte er mich an. Es war ein verregneter Nachmittag auf der Insel Baltrum, wo wir jedes Jahr die Sommerferien verbringen. Ich ging mit meinem riesigen roten Regenschirm allein am Strand spazieren.
Erst nieselte es nur leicht, aber auf einmal begann es furchtbar zu schütten. Trotzdem marschierte ich weiter, weil ich keine Lust hatte in unserer Ferienwohnung zu hocken und stundenlang mit meinen Eltern Monopoly zu spielen.
Plötzlich stand er neben mir, starrte mich bettelnd an und fragte in einem lustigen Dialekt: »Hast du was dagegen, wenn ich mich ein paar Minuten unter deinen Schirm stelle?«
Ich war so perplex, dass ich erst kein Wort rausbekam und dann gleichzeitig den Kopf schüttelte und »Ja« sagte.
»Ja?«, wiederholte Tim. »Du hast also was dagegen?«
»Nein«, sagte ich und musste lachen. »Der Schirm ist breit genug für zwei. Genau wie ich«, fügte ich hinzu und ärgerte mich sofort darüber.
Warum machte ich so einen witzlosen Spruch über meine Figur, obwohl Tim noch keine einzige meiner tausend

Speckrollen gesehen hatte? Schließlich lief ich nicht im Bikini durch die Gegend, sondern trug eine schwarze Regenjacke und darunter meinen orangenen Overall (in dem ich so aussehe wie die Typen von der Müllabfuhr).
Zum Glück überhörte Tim die saudumme Anspielung auf meine Alptraummaße und fragte mich nach meinem Namen.
»Michelle. Und wie heißt du?«
»Tim. Ich komme aus Stuttgart. Und du?«
»Aus Düsseldorf. Warst du schon mal da?«
»Nee. Gibt's denn was Besonderes bei euch zu sehen?«
Während wir langsam am Strand entlangwanderten und uns gegenseitig ausquetschten, traute ich mich nicht ihm direkt in die Augen zu gucken. Stattdessen musterte ich ihn immer wieder kurz von der Seite.
Tim hatte nur ein T-Shirt und eine kurze Hose an und schien furchtbar zu frieren. Ich fragte ihn mehrmals, ob ihm kalt sei, aber jedes Mal winkte er lässig ab. So ein Spinner! Sein Mund sah aus, als hätte er einen blauen Lippenstift benutzt. Und seine verschränkten Arme, die er an seinen schmalen Oberkörper presste, zitterten wie verrückt.
Er war braun gebrannt, genauso groß wie ich und hatte lange blonde Haare, ganz feine Wimpern und so schöne Zähne wie die Opas aus der Kukident-Werbung. Mit einer anderen Nase hätte er echt toll ausgesehen, aber mit seinem gigantischen Riechkolben konnte man ihn glatt für den Zwillingsbruder von Pinocchio halten.
Mittlerweile hatte ich eine ganze Menge über ihn erfahren: dass er ein Jahr älter war als ich, also fünfzehn, dass er am liebsten japanische Comics las und gerne amerikanische

Rap-Musik hörte und dass er später mal DJ oder LKW-Fahrer oder Immobilienmakler werden wollte.
»Wieso denn Immobilienmakler?«
»Weil mein Vater auch einer ist und massig viel Geld verdient.«
»Sag mal, ist dir wirklich nicht kalt?«
»Nein«, schwindelte er.
Ein paar Meter weiter blieb er jedoch stehen, guckte mich an und begann auf einmal zu lachen. Zum ersten Mal riskierte ich einen Blick in seine Augen. Sie waren so grün wie die von Valeskas Katze.
»Was findest du so komisch?«, fragte ich ihn.
»Mich.«
»Hä?«
»Ich Idiot behaupte die ganze Zeit, ich würde nicht frieren. In Wirklichkeit fühl ich mich, als hätte ich den ganzen Tag in 'ner Kühltruhe gelegen. Sollen wir ins Eiscafé gehen und irgendwas Warmes trinken?«
»Gute Idee!«
Und schon rannte er los.
Als ich dann ein paar Minuten später im Café die Regenjacke auszog und an einen Kleiderständer hängte, war ich gespannt, wie Tim auf meine Figur reagieren würde. Dass in meinem Overall kein zartes Reh, sondern ein Nilpferd steckte, war ja wohl nicht zu übersehen. Aber Tim ließ sich nichts anmerken und – logisch! – dadurch wurde er mir kein bisschen unsympathischer.
Wir saßen zwei Stunden lang im Eiscafé, redeten über dies und das oder blödelten einfach nur herum und warteten darauf, dass sich die Sonne wieder blicken ließ. Gegen Viertel vor sechs fielen endlich die ersten Strahlen durchs Fenster.

»Sollen wir noch 'ne Runde am Strand drehen?«, schlug Tim vor.
»Wenn ich nicht in einer Viertelstunde zu Hause bin, geben meine Eltern eine Vermisstenanzeige auf.«
»Na und?«
»Ich muss wirklich zum Abendbrot da sein, sonst kriegen die einen Anfall.«
»Na und? Komm, hauen wir ab.«
»Tut mir Leid, es geht nicht.«
Es ging doch und wir drehten mindestens zwanzig Runden am Strand. Erst um Viertel vor zehn trennten wir uns. Beim Abschied gab es ein längeres peinliches Schweigen, das Tim schließlich kurzerhand mit einem flüchtigen Kuss auf meine Backe beendete. Ehe ich darauf reagieren konnte, drehte er mir den Rücken zu und stapfte davon, ohne sich noch mal umzugucken.
Klar, meine Eltern begrüßten mich mit einem ganzen Feuerwerk von Vorwürfen, was mich allerdings kein bisschen störte. Wenn man auf Wolke Sieben schwebt, hört man kaum was von dem Gekläffe, das einige Kilometer weiter unten stattfindet.
Am nächsten Vormittag schlug dann die Stunde der Wahrheit.
Bereits beim Aufwachen ärgerte ich mich über den blauen Himmel. Und um halb elf jubelte mein Vater im Strandkorb: »Unglaublich: Es sind schon achtundzwanzig Grad!« Auf Baltrum guckt er immer alle zehn Minuten aufs Thermometer. Abgesehen vom Rumblättern in der BILD-Zeitung, ist das seine einzige Urlaubsbeschäftigung.
Bei dieser Hitze konnte ich leider nicht im Overall im Sand rumliegen, sondern trug meinen gelb-grünen Badeanzug,

von dem die Komiker in unserer Klasse behaupten, dass man ihn auch als Dreimannzelt benutzen könnte. Ängstlich hielt ich Ausschau nach Tim. Sobald ich ihn auftauchen sah, wollte ich mich in mein Handtuch wickeln und ihm weismachen, dass ich Angst vor einem Sonnenbrand hätte. Aber er kam und kam nicht und zwei Stunden später ließ ich vor lauter Verzweiflung ein paar Tränen in den Sand kullern.

»Warum weinst du denn?«, erkundigte sich prompt meine Mutter.

»Ich hab was im Auge.«

»Was denn?«, ließ sie nicht locker.

»Einen Haifisch«, brummte ich und setzte meine Sonnenbrille auf.

Als ich Tim dann endlich am frühen Nachmittag im Wasser entdeckte, war ich so happy, dass ich die Nummer mit dem Handtuch völlig vergaß und einfach aufsprang und in die Wellen rannte und Tim mit den Füßen nass spritzte. Ich fragte ihn, wo er denn so lange gesteckt habe.

»Gepennt«, antwortete er nur.

Dann – o Gott! – starrte er meinen Bauch an und legte dabei die Stirn in Falten. Ich merkte, dass ich knallrot anlief. Am liebsten wäre ich im Wasser versunken. Das war's!, dachte ich todtraurig, während ich die Fäuste ballte und mit den Tränen kämpfte.

Ich zwang mich zu lächeln und fragte betont locker: »Ist was?«

Tim nickte. Er zeigte auf meine Wampe, die so aussieht, als sei ich kurz vor der Geburt von Vierlingen. Ich hielt die Luft an.

»Dein Badeanzug«, sagte Tim.

»Was soll damit sein?«

»Meine Mutter hat genau den gleichen.«

Und damit ließ er sich nach hinten fallen und schwamm auf dem Rücken ins Meer hinaus. Und ich? Ich machte das Wasser in der Nordsee noch etwas salziger, indem ich wieder zwei, drei Tränen hineinkullern ließ – ausnahmsweise mal vor Glück ...

Der Rest ist ziemlich schnell erzählt. In den nächsten fünf Tagen waren Tim und ich unzertrennlich. Er küsste nicht nur meine Backen, sondern auch noch einige andere Körperteile. Wir hatten wahnsinnig viel Spaß zusammen und lachten über alles Mögliche, sogar über die Fleischberge, die ich mit mir spazieren trage.

Am sechsten Tag war alles vorbei. Tim blieb weg. Als ich am Nachmittag in seinem Hotel auftauchte, entdeckte ich ihn dort im Garten neben einer Barbiepuppe namens Jacqueline. Ich erfuhr, dass er sie am Abend zuvor im Speisesaal kennen gelernt hatte.

Tim und ich wechselten nur einige wenige lahme Sätze und keinen einzigen Kuss. Beim Abschied wusste ich natürlich genau, was Sache war.

Von da an behandelte mich Tim wie Luft, wenn wir uns zufällig irgendwo auf der Insel über den Weg liefen. Ken hatte seine Barbie gefunden und die hing wie eine Klette an ihm. Das Nilpferd verbrachte den Rest seines Urlaubs mit Heulen, Sonnenbaden und Monopoly und weigerte sich sogar bei 35 Grad im Schatten aus seinem orangenen Overall zu steigen. Meine Eltern wollten den Grund dafür wissen und fragten mir Löcher in den Bauch, aber der verlor leider dadurch kein einziges Gramm Fett.

■

In der Zwölf-Uhr-Pause schlendere ich mit Aische über den Schulhof. Plötzlich bleibt sie stehen und mustert mich mit nachdenklicher Miene. »Sag mal, Michelle, war das eigentlich ernst gemeint, was du Björn heute Morgen gesagt hast?«
»Was hab ich denn gesagt?«
»Das mit dem gebrochenen Herzen.«
Aha, dieser Satz hat Aische anscheinend genauso beeindruckt wie Björn und Daniel, die nun schon seit vier Stunden keine Witze mehr über mich gemacht haben.
»Kann dir doch völlig egal sein, was diese albernen Volltrottel von deiner Figur halten!«, meint Aische. »An deiner Stelle würde ich überhaupt nicht hinhören, wenn die beiden Schwätzer ihre große Klappe aufmachen.«
»Tu ich eigentlich auch nicht«, behaupte ich nicht ganz wahrheitsgemäß. »Aber heute ist es irgendwie . . .«
»Verstehe«, sagt Aische. »Heute bist du empfindlich, weil du an diesen Tim denken musst. War das denn dein erster richtiger Freund?«
»Ich war doch mal mit Jörg zusammen, weißt du nicht mehr? Der Torwart aus dem Fußballverein von meinem Cousin.«
»Dieser Pummel mit den Segelohren, der damit angegeben hat, dass er nur zweimal im Monat seine Unterhose wechselt?« Aische wackelt mit dem pechschwarzen Lockenhelm auf ihrem Kopf. »Den hast du doch schon nach einer Woche abserviert. Also war das ja wohl kein richtiger Freund, oder?«
»Dann war Tim auch keiner. Mit dem war ja schon nach fünf Tagen Schluss.«
»Gehst du eigentlich immer noch in Spielzeugabteilungen und reißt den Barbiepuppen die Köpfe ab?«

Bevor ich antworten kann, taucht Valeska auf und lässt uns in ihre Tüte Gummibärchen greifen. Sie strahlt übers ganze Gesicht.
»Hey, Val, was ist los?«, wundert sich Aische. »Hast du mal wieder einen Liebesbrief bekommen?«
»Herr Strobel hat mir eben seinen Autoschlüssel in die Hand gedrückt und mich gebeten ein Buch über Ludwig den Fünfzehnten aus dem Wagen zu holen«, berichtet sie ganz stolz. »Bin mal gespannt, was er uns gleich über ihn erzählen wird.«
»Ich auch, gähn!«, sagt Aische. »Seit wann ist denn Geschichte dein Lieblingsfach?«
Valeska kichert nur und schiebt sich eine Hand voll Gummibärchen in den Mund.
»Seit Strobel unser neuer Geschichtslehrer ist«, antworte ich an ihrer Stelle. »Sei ehrlich, Val: Hast du ihm schon einen Heiratsantrag gemacht?«
»Nee, noch nicht. Damit warte ich, bis er geschieden ist.«

■

Was habe ich meiner Mutter heute Morgen in der Küche erzählt? Dass ich am liebsten im Bett geblieben wäre, weil ich ganz genau weiß, wie der Tag ablaufen wird.
Bis zum frühen Nachmittag sieht es tatsächlich ganz so aus, als würde mal wieder nichts von all dem passieren, was ich mir jeden Morgen nach dem Aufwachen so sehnlichst wünsche: Irgendwas Überraschendes, womit ich nie im Leben gerechnet hätte – eine seltsame Begegnung, ein besonderes Ereignis oder meinetwegen auch eine Katastrophe, aber bitte schön nur eine klitzekleine, zum Beispiel ein

Einbruch in unsere Wohnung oder eine Überschwemmung im Keller.
Tag für Tag quasseln zig Leute in den Talkshows über verrückte Sachen, die ihnen zugestoßen sind. Nur mir passiert nie was Außergewöhnliches – auch heute nicht, am 5352. Tag meines Lebens. Gemeinheit!
Doch kaum steige ich um halb vier in die Bahn, um zum Basketballtraining zu fahren, als eine helle Jungenstimme ruft: »Na, Michelle? Lange nicht gesehen!«
Ich drehe mich um und starre in ein Gesicht, das mit Pickeln übersät ist und mir irgendwie bekannt vorkommt. So eine furchtbare Akne hab ich erst einmal gesehen: im Fernsehen, bei *Gesundheitsmagazin Praxis*. Der Typ, dem die Pickelsammlung gehört, senkt den Blick und sagt: »Kennst du mich denn nicht mehr?«
Plötzlich fällt bei mir der Groschen: Es ist Jens-Peter, der bis vor drei Jahren in unserem Haus gewohnt hat, eine Etage über uns.
»Mensch, hast du dich verändert!«, stelle ich verblüfft fest, worauf er mich kurz von oben bis unten mustert und dann murmelt: »Du aber auch.«
Ich setze mich neben ihn, lasse die Sporttasche zwischen meine Füße fallen und lächle Jens-Peter an. Okay, diese Begegnung mit einem alten Bekannten gehört zwar nicht zu den sensationellen Überraschungen, von denen ich jeden Morgen träume, aber unerwartet ist sie schon.
Jens-Peter und ich reden von den alten Zeiten. Früher haben wir oft zusammen gespielt, vor allem im Winter und an Regentagen, meistens in meiner Bude, weil Jens-Peter sein Zimmer mit zwei kleineren Brüdern teilen musste. Er ist ein Jahr älter als ich und mittlerweile fast einen Kopf

größer. Auf der Grundschule war er so was wie mein Leibwächter und hat immer die Jungs verprügelt, die mich geärgert haben.
»Gehst du noch aufs Luisengymnasium?«
Ich nicke. »Und du?«
»Ich hab gerade 'ne Ausbildung zum Bäcker angefangen.«
Igitt! Hoffentlich platzen ihm beim Backen keine Pusteln. *Heute im Angebot: Frisches Eiterbrot – nur DM 3,95!*
Netterweise vermeide ich jegliche Anspielung auf seine Akne. Im Gegenzug erkundigt er sich nicht danach, wie viele Kilos ich in den letzten Jahren zugenommen habe. Stattdessen erzählt er mir, was er heute in der Berufsschule so alles gelernt hat.
»Weißt du eigentlich, dass in einem Brötchen fast genauso viel Chemie steckt wie in einer Kopfschmerztablette?«
»Nö.«
»Soll ich dir mal die ganzen Chemikalien aufzählen?«
»Nö.«
Er tut's trotzdem. Leider kann ich mir die Liste nicht bis zum Schluss anhören, weil ich aussteigen muss.
»Ciao! Vielleicht sehen wir uns ja mal wieder«, sage ich, schnappe meine Sporttasche und marschiere zur Tür.
»Wir könnten ja am Wochenende ins Kino gehen. Ich ruf dich an, okay?«
»Äh –«
Die Bahn hält.
»Ich ruf dich an, okay?«, wiederholt Jens-Peter. Er glotzt mich so trübselig an wie ein Hund, der seit Ewigkeiten nicht mehr gestreichelt worden ist.
»Okay«, sage ich schnell, damit er nicht anfängt zu winseln, und springe auf die Straße.

Als die Bahn weiterfährt, winkt er mir zu und drückt dabei seine Pickel gegen die Scheibe. Spinnt der? Wenn er nicht sofort damit aufhört, klebt gleich literweise Eiter am Fenster – würg!
Auf dem Weg zur Sporthalle fallen mir 250 Ausreden ein, wieso ich am Wochenende nicht mit Jens-Peter Pustel ins Kino gehen kann.

5354

Irgendwas stimmt nicht mit Frau Gretschmann.
Eben in Englisch hab ich eine völlig neue Geste an ihr beobachtet, die sie mehrmals wiederholte: Sie strich mit der linken Hand eine Haarsträhne hinters Ohr und stierte dann eine halbe Minute lang gedankenverloren vor sich hin.
Und jetzt in der Pause fällt mir auf, dass sie viel langsamer als sonst über den Schulhof spaziert und kaum wahrnimmt, was rings um sie geschieht. Die hirnlosen Chaoten aus den fünften und sechsten Klassen könnten glatt mit Kettensägen aufeinander losgehen, ohne dass Frau Gretschmann was davon mitkriegen würde.
»Ob sie verliebt ist?«, frage ich Valeska. Sie knabbert gerade an einem Apfel, der genauso rot ist wie ihre Backen.
»Wer?«
»Frau Gretschmann.«
»Hä?«, macht Aische. »Wie kommst du denn darauf?«
»Ist euch denn vorhin im Unterricht nicht aufgefallen, dass sie öfter total abwesend war und vor sich hin geträumt hat?«
»Du spinnst!«, meint Valeska kauend. »Die Gretschi war genau wie immer.«
Aische nickt. »Du siehst Gespenster, Michelle.«
»Irrtum: Ich sehe was, was ihr nicht seht – genau wie das fette Mädchen in dem Buch.«

»In das ich letztens bei dir mal reingeguckt hab?« Aische tippt sich an die Stirn. »Weil sie ganz besonders dick war, wollte diese Dummschwätzerin auch ganz besonders sensibel sein. Das ist doch nur 'n dämliches Klischee, genau wie die türkischen Mädchen in den meisten Jugendbüchern. Die tragen immer Kopftücher, haben Stress mit ihrem Alten, schimpfen auf ihre Brüder und wissen nicht, ob sie Deutsche sind oder Türkinnen.«

Ehe ich was darauf erwidern kann, taucht Stefanie auf, um uns auf ihre Geburtstagsparty nächste Woche einzuladen. »Ihr dürft auch ruhig euren Freund mitbringen – falls ihr einen habt«, fügt sie hinzu und wirft mir dabei einen spöttischen Blick zu.

»Okay«, sage ich nur.

»Müssen wir was zum Futtern beisteuern?«, erkundigt sich Valeska.

»Nee, ich krieg euch schon satt. Jedenfalls die meisten von euch.«

Wieder dieser bescheuerte Blick, den ich von Stefanie schon längst gewöhnt bin. Möcht gern mal wissen, warum sie immer so blöd zu mir ist. Eigentlich müsste sie mir dankbar sein. Wenn es mich nicht gäbe, wäre *sie* nämlich die Dickste in unserer Klasse.

Nachdem sie verschwunden ist, frage ich Val: »Welchen deiner vier Freunde nimmst du denn mit auf die Fete?«

Sie zieht eine Grimasse und beißt in ihren Apfel. »Ich bin gerade solo. Und das will ich auch noch mindestens ein Jahr lang bleiben.«

»Klar! Und ich bin Michael Jackson.«

■

Am Nachmittag findet bei Valeska ein Kleeblatt-Treffen statt.
In ihrem winzigem Zimmer ist gerade genug Platz für ein Bett, einen Schrank, einen Schreibtisch und einen Stuhl. An den Wänden hängen Poster von Vals Lieblingsfußballern. Ja, Tatsache: Meine beste Freundin ist ein richtiger Fußballfan! Aber das ist nicht der einzige Grund dafür, dass sich die Jungs reihenweise in sie verknallen. Sie sieht einfach super aus – halblange blonde Haare, hellblaue Augen, herzförmige Lippen, endlose Beine und natürlich kein Gramm Fett zu viel. Und sie ist immer gut drauf, sogar wenn sie ihre Tage hat.
Außer Val, Aische und mir gehört auch Esther (die *noch* schlanker ist als Valeska, grrr!) zum Kleeblatt. Sie war mal in unserer Klasse, aber nachdem sich ihre Eltern vor ein paar Monaten getrennt haben, ist sie mit ihrer Mutter nach Ratingen gezogen. Trotzdem kommt sie weiterhin zu jedem unserer Treffen und macht auch bei allen Aktionen mit. Esther ist schwer in Ordnung, außer dass sie manchmal ohne Grund ziemlich patzig werden kann.
Wir sitzen im Kreis auf dem Teppich, mümmeln Salzstangen und überlegen, was mit dem Geld passieren soll, das wir bis jetzt gesammelt haben. In der Schule reden Val, Aische und ich fast nie darüber, weil sich die anderen bloß über uns lustig machen würden.
Na ja, zugegeben, es ist ja auch wirklich ein bisschen seltsam, dass wir quasi unsere eigene Hilfsorganisation gegründet haben. Alles begann mit einer Sendung über Straßenkinder in Bolivien, die Val und ich zufällig in den letzten Weihnachtsferien zusammen gesehen haben. Wir waren total geschockt! Natürlich wussten wir auch schon

vorher, dass es nicht allen Menschen auf der Welt so gut geht wie uns. Aber nach dieser Sendung machten wir uns zum ersten Mal Gedanken darüber, ob wir nicht irgendwie helfen können.
Seitdem gucken wir uns fast alle Reportagen an, die über Leid und Elend berichten, und das hat uns ganz schön durcheinander gebracht. Denn mittlerweile blicken wir überhaupt nicht mehr durch, wer eigentlich am dringendsten Hilfe braucht.
»Wie viel haben wir denn inzwischen zusammen?«, fragt Esther. »Sollen wir nicht mal zählen?«
»Schon wieder!«, seufzt Aische. »Das haben wir doch erst letzten Monat gemacht.«
»Seitdem ist aber einiges dazugekommen.«
»Na schön«, sagt Valeska.
Sie steht auf und holt eine große weiße Blechdose vom Schrank, auf die sie mit Filzstiften ein buntes vierblättriges Kleeblatt gemalt hat. Nachdem sie den Deckel abgenommen hat, dreht sie die Dose um und lässt das Geld auf den Teppich regnen.
»O Mann, ist das ein Haufen Kohle!«, staunt Esther und fährt sich durch die stoppelkurzen roten Haare. »Dafür könnte sich meine Mutter ein paar neue Brüste kaufen.«
»Quatsch!«, widerspricht Aische. »Das reicht höchstens für ein neues Ohrläppchen.«
Wir stapeln die Scheine und Münzen und fangen an zu zählen. Das meiste Geld haben wir durch verschiedene Aktionen zusammengekriegt, zum Beispiel Trödelmarktstände oder Musizieren auf der Königsallee. Der Rest sind Spenden von uns vieren, die wir von unserem Taschengeld abgezweigt haben.

Weil wir ständig rumalbern, kommen wir beim Zählen immer wieder durcheinander. Es dauert fast eine halbe Stunde, bis wir die richtige Summe rausgekriegt haben: 1.689 Mark und 73 Pfennige.

»Wow!«, jubelt Esther. »Wir sind ja richtig toll.«

»Wenn es zweitausend sind, sollten wir es endlich spenden«, schlage ich vor.

»Michelle hat Recht«, sagt Aische. »Nur: Wen soll das Kleeblatt denn nun glücklich machen?«

Valeska zuckt mit den Schultern. »Am Sonntag hab ich einen Film über Kalkutta gesehen. Wie die da in den Slums hausen – Wahnsinn! Dieser ganze Dreck und die Millionen von Ratten ... Und in so 'nem winzigen Zimmer wie meinem hier leben dort ganze Familien mit zig Kindern. Und zwar ohne Teppichboden, sondern auf der nackten Erde. Könnt ihr euch das vorstellen?«

Aische nickt. »Ich hab's auch gesehen. Und direkt danach lief irgendwo ein Bericht über Kinder in Bukarest. Da waren ein paar Mädchen, so alt wie wir, die hausten in irgendwelchen Erdlöchern am Stadtrand. Ich hab mal im Atlas nachgeguckt, wo Bukarest liegt. Wisst ihr, dass Rumänien nicht weiter von uns entfernt ist als Spanien? Wieso müssen die Leute da in so 'ner Scheiße leben?«

»Überall leben Leute in der Scheiße!«, sage ich. »Auch hier bei uns. Das ist ja gerade das Blöde! Warum sollen wir die zweitausend Mark ans andere Ende der Welt schicken? Guckt euch doch mal die Penner im Hofgarten an, die können auch Hilfe gebrauchen. Oder die Fixer am Hauptbahnhof.«

»Die würden mit dem Geld sofort zu ihren Dealern rennen und sich neuen Stoff besorgen«, sagt Esther. »Wir müssen

jemanden finden, dem die zweitausend Mark entscheidend weiterhelfen, versteht ihr? Der damit ein neues Leben anfangen kann.«
Valeska lächelt. »Du hörst dich an wie unser Pfarrer bei der Sonntagspredigt. Aber du hast Recht: Unsere Kohle darf nicht nur ein Tropfen auf den heißen Stein sein, sondern muss wirklich was verändern, wenn auch nur für einen einzigen Menschen.«
»Fragt sich bloß, für welchen Menschen«, sagt Aische.
Esther steht auf und streckt sich.
Sie hat nicht nur eine Figur wie eine Gazelle, sondern bewegt sich auch so.
»Erst müssen wir die fehlenden dreihundertelf Mark organisieren, dann können wir immer noch überlegen, wem wir die zwei Tausender in die Hand drücken. Kommt, hauen wir ab!«
»Wohin denn?«, will Aische wissen.
»Auf die Kö. Heute sammeln wir mal ganz anders als sonst. Wir gehen einfach auf Leute zu, die reich aussehen, und sagen ihnen, dass wir Geld brauchen, um einen armen Menschen zu unterstützen.«
»Tolle Idee!«, spottet Valeska. »Wetten, dass wir damit nicht mal fünfzig Pfennig zusammenkriegen?«
»Wetten doch? Mein Vater behauptet: Die Wahrheit zahlt sich immer aus.«
Valeska bleibt störrisch. »Ich quatsche keine fremden Leute an. Da kriegt man nur dumme Sprüche zu hören. Ich nehme lieber meine Gitarre mit und dann singen wir ein paar Lieder dazu. Wer ist dafür?«
Außer Esther heben alle die Hand.
»Okay, lasst uns gehen!«

Aische und Valeska erheben sich vom Teppich. Ich will auch aufstehen, aber meine Beine sind eingeschlafen.
»Hilf mir, Aische!«, bettle ich und strecke die Hände aus. Sie zieht mich hoch.
»Hoffentlich hab ich mir keinen Bruch gehoben«, scherzt Aische, während ich Esther neidisch anstarre.
»Warum guckst du so?«, fragt Esther schnippisch. Sie ist gereizt, weil sie die Abstimmung verloren hat.
Ich stoße einen Seufzer aus. »Schade, dass die zweitausend Mark nicht mir gehören. Dann würde ich dir sofort was abkaufen.«
»Was denn?«
»Deinen Körper.«
Alle lachen. Obwohl das eigentlich nicht als Witz gemeint war.

■

Valeskas Gitarrenspiel ist grauenvoll, aber genau deshalb passt ihr hilfloses Gezupfe prima zu unserem »Gesang«. Falls wir ab und zu mal einen richtigen Ton treffen, ist das reiner Zufall. Wir grölen uns durch die Stücke und sind heilfroh, wenn wir ohne größeren Aussetzer beim letzten Akkord ankommen.
Seit einer halben Stunde stehen wir jetzt hier auf der Kö und singen uns die Kehle heiser. In der kleinen Zigarrenkiste vor Valeskas Füßen blinken zwei einsame Markstücke. Aische hat sie reingelegt, damit die Kiste nicht so leer aussieht.
Was ist denn heute los? An anderen Tagen verdienen wir manchmal fünfzig Mark in der Stunde, aber an diesem

Nachmittag haben es alle Leute furchtbar eilig und hetzen vorbei, ohne uns richtig wahrzunehmen.
»Ich hasse die Beatles!« Esther wirft Valeska einen wütenden Blick zu. »Wieso nimmst du jedes Mal dieselben Noten mit? Können wir nicht mal was anderes singen?«
»Wieso singen?« Aische kichert. »Kann etwa eine von uns singen?«
»Außer den Beatles-Noten hab ich nur noch russische Folklore, deutsche Weihnachtslieder und die größten Hits von Heino«, erklärt Valeska. »Die muss ich mindestens einmal in der Woche meiner Mutter vorspielen. Vorher hänge ich mir immer eine Kotztüte um, damit mir nicht –«
»Quatsch nicht so lange, wir müssen weitermachen«, unterbreche ich. »Wie wär's mit *Eleanor Rigby?*«
Valeska schüttelt den Kopf. »Ich kann die Akkorde nicht. Die sind noch schwieriger als die von *Michelle,* deinem Lied.«
»Meinem Lied – wie sich das anhört! Komm, fang einfach an. Von den falschen Tönen kriegt sowieso keiner was mit.«
»Hast du 'ne Ahnung!«
Sie starrt konzentriert auf die Noten und legt dann los. Nach den ersten paar Akkorden stürzt plötzlich ein jüngerer Typ in abgerissenen Klamotten auf sie zu und umklammert den Gitarrenhals.
»Hört auf mit dem Scheiß und verpisst euch!«, brüllt er. »Das ist mein Standort, kapiert? Ich verkaufe hier jeden Tag das Obdachlosenmagazin.«
Er schwenkt einen Stapel Zeitungen vor unseren Nasen. »Haut ab, und zwar sofort!«
»Finger weg von meiner Gitarre!«, faucht Valeska ihn an.

Seltsamerweise gehorcht er sofort. »Wir sammeln Geld für einen guten Zweck.«
»Na sicher: für neue Lippenstifte und Ohrringe. Verschwindet, sonst könnt ihr was erleben!«
Wir gucken uns an. Uns ist allen klar, dass es keinen Sinn hat mit dem Mann zu diskutieren. Aische schnappt sich den Notenständer und ich die Zigarrenkiste, dann gehen wir einfach fünfzig Meter weiter und stellen die Sachen wieder hin.
»So ein Idiot!«, ärgert sich Aische. »Warum hat er uns nicht geglaubt?«
Ich winke ab. »Reg dich nicht auf. Der Typ war total besoffen.«
»Blödsinn!«
»Okay, weiter geht's!«, verkündet Val und verknotet sich fast die Finger bei den ersten Akkorden von *Eleanor Rigby*. Schließlich gibt sie uns mit heftigem Nicken zu verstehen, dass wir loslegen sollen. Wir fangen an zu singen.
O Gott, klingt das gruselig!
Zu Beginn der zweiten Strophe bleiben drei Jungs vor uns stehen, verschränken die Arme und grinsen sich einen ab. Wie peinlich! Unsere Stimmen werden immer leiser.
Zwei der Jungs könnten aus Indien, Sri Lanka oder Pakistan stammen. Der dritte ist käsebleich, klein und bullig und hat ein Skateboard unterm Arm.
Nach dem letzten Akkord klatschen sie übertrieben eifrig in die Hände und rufen ironisch: »Zugabe! Zugabe!«
»Diese Saftsäcke!«, zischt Aische mir ins Ohr, während Esther knallrot anläuft und Valeska in ihren Noten rumblättert und den Jungs keinerlei Beachtung schenkt.
»Wisst ihr, was das ist?«, ruft der Größere der beiden

Dunkelhäutigen uns zu. Er gibt motorenartige Geräusche von sich. »Das ist John Lennon, der in seinem Sarg rotiert.« Er stemmt die Arme in die Hüften und guckt uns der Reihe nach an. »Warum stellt ihr euch hierhin und blamiert euch mit so einem Schwachsinn? Mit diesem Gejaule könntet ihr höchstens im Tierheim auftreten.«
Seine Freunde gackern wie besoffene Hühner.
»Wir sammeln Geld für einen guten Zweck«, erklärt Valeska ungerührt und blättert dabei weiter in den Beatles-Noten.
»Echt?«
Val nickt.
Da passiert etwas höchst Erstaunliches: Der Witzbold zückt sein Portmonee, holt einen Zwanziger raus und legt ihn in die Kiste.
»Viel Erfolg noch!«, sagt er ohne einen Hauch von Ironie, nickt uns freundlich zu und geht dann weiter, gefolgt von seinen beiden Kumpels.
Wir sind baff!
»Ich glaub, ich spinne«, murmelt Esther und schüttelt dabei fassungslos den Kopf. »Einen Zwanziger! Hat der Knabe zu viel Kohle? Das war doch 'n Paki, oder?«
»Paki ist ein Schimpfwort«, sagt Aische. »Genau wie Neger.«
»Aber ein Paki war er trotzdem, stimmt's? Diese Typen sind doch immer total blank. Ob das vielleicht Falschgeld ist?«
Aische legt einen Arm um Esthers Schulter. »Weißt du, was ich so toll an dir finde, Esther?«
»Nee, was denn?«
»Dass du überhaupt keine Vorurteile hast.«

■

»Wo warst du denn den ganzen Nachmittag?«, fragt meine Mutter beim Abendessen.
»In der Stadt.«
»Mit wem?«, will mein Vater wissen.
»Mit Aische, Esther und Valeska.«
Vater schaufelt sich eine Gabel Rotkohl in den Mund. »Und was habt ihr in der Stadt gemacht?«, fragt er kauend.
»Meine Güte!«, stöhne ich. »Soll das ‘n Verhör sein? Warum seid ihr bloß immer so verdammt neugierig?«
Mutter zieht eine Schnute, während sich Vater noch eine Frikadelle aus dem Topf angelt.
»Wieso kriegst du immer gleich einen Anfall?«, knurrt meine Mutter. »Wir haben uns doch nur erkundigt, mit wem du dich den ganzen Tag rumgetrieben hast.«
»Ich treib mich nicht rum!«, knurre ich zurück.
»Dann erzähl uns doch, was du mit deinen Freundinnen heute so alles angestellt hast.«
»Wir stellen nichts an.«
»Sondern?«
Ich verdrehe die Augen. »Dürfte ich vielleicht in Ruhe mein Abendessen zu Ende futtern? Vielen Dank!«
»Bitte sehr!«, erwidert mein Vater gelassen. »Und wenn du damit fertig bist, kannst du uns ja berichten, wie dein Nachmittag gelaufen ist.«
»Wie immer: mit Diebstählen, Drogen und Sex. Zufrieden?«
Meine Eltern finden das nicht besonders komisch. Mit einem kurzen Blick verständigen sie sich darauf, das Thema zu wechseln. Sie unterhalten sich über die Schuppenflechte von Tante Margret und die Hühneraugen von Opa Jürgen. Sehr appetitlich!

Ich lasse mir trotzdem die Frikadellen schmecken und staune mal wieder, welche Megaportionen mein Vater verschlingen kann. Das, was er in den letzten zehn Minuten verputzt hat, würde Esther nicht mal in einer ganzen Woche runterkriegen.

Erraten – meine Figur hab ich meinem Vater zu verdanken. Und er hat sie von Opa Jürgen geerbt. Die beiden sind richtige Kolosse: fast zwei Meter groß und fett ohne Ende. Tante Margret bezeichnet sie immer als *mächtige deutsche Eichen.* Allerdings hab ich noch nie eine Eiche mit so einer gigantischen Wampe gesehen. Im Bauch von meinem Vater könnten zwei Wildschweine bequem Fangen spielen. Natürlich hat er schon mehrere Diäten hinter sich, aber bis jetzt war noch keine so richtig erfolgreich. Genau wie bei mir und Opa Jürgen. Uns ist einfach nicht zu helfen!

Inzwischen hab ich mich einigermaßen an den Gedanken gewöhnt den Rest meines Lebens als Fettklops durch die Gegend zu laufen. Trotzdem bin ich manchmal total entsetzt, wenn ich mein Spiegelbild sehe. Und ich krieg voll die Panik, wenn ich daran denke, wie ich mit zwanzig oder dreißig aussehen werde.

Nachdem ich den letzten Bissen verdrückt habe, geht die Fragerei wieder los.

»Na, hat's geschmeckt?«, will meine Mutter wissen.

»Ja, es war sehr lecker.« Ich stehe auf.

»Wo willst du hin?«

»Ich flieg mal kurz nach Tokio«, erwidere ich schnippisch. »In mein Zimmer will ich, wohin sonst?«

»Du hast uns doch noch gar nicht erzählt, was du heute Nachmittag –«

Zum Glück klingelt in diesem Augenblick das Telefon.

Erleichtert verschwinde ich aus der Küche und hebe im Flur den Hörer ab.
»Dieringhaus.«
»Hallo, Michelle! Hier ist Jens-Peter. In welchen Film sollen wir denn gehen? Am Samstag hab ich allerdings keine Zeit, nur am Sonntag. Wie wär's um drei? Im Universum läuft der neue James Bond. Sollen wir uns am Bahnhof treffen? Oder lieber vor diesem neuen –«
»Halt mal die Luft an!«, unterbreche ich ihn genervt. »Am Sonntag kann ich nicht.«
»Wieso nicht?«
»Weil ich ... äh ... weil ich da unbedingt ... äh ...«
Mist! Ich hatte mir doch jede Menge Ausreden zurechtgelegt. Warum fällt mir jetzt keine ein?
»Weil du was?«, fragt Jens-Peter. »Gehst du vielleicht auf 'ne Fete? Dann kann ich ja mitkommen.«
Plötzlich muss ich an Stefanies spöttische Bemerkung denken, als sie mich zu ihrer Geburtstagsfete eingeladen hat: *Du kannst ruhig deinen Freund mitbringen, falls du einen hast.* Na klar – ich kreuze zusammen mit Jens-Peter auf der Party auf, um Stefanie zu ärgern!
»Hör mal, hast du vielleicht Lust morgen in einer Woche mit mir auf eine Fete zu gehen?«
»Und ob!«, antwortet er begeistert. »Und was ist mit dem Kino am Sonntag? Komm doch mit! Wir haben bestimmt 'ne Menge Fun!«
»Hm.«
»Bitte!«
»Na gut. Aber nicht in den neuen James Bond. Ich will lieber irgendwas Romantisches sehen.«
»Einen Karatefilm?«

»Wir treffen uns um halb drei vor dem Bahnhof«, schlage ich vor. »Dann können wir ja mal gucken, was so alles läuft, okay?«
»Okay. Bis dann!«
»Ciao!«
Kaum habe ich aufgelegt, ruft meine Mutter aus der Küche:
»Wer war denn dran?«
»Der Papst!«

5355

Am nächsten Morgen an der Haltestelle erzähle ich Valeska und Aische von meiner Verabredung am Sonntag.

»Ist das dieser Jens-Peter, der mir an deinem zehnten Geburtstag den halben Zopf abgeschnitten hat?«, fragt Aische.

»Genau der. Seit ein paar Jahren wohnt er nicht mehr bei uns. Aber am Dienstag hab ich ihn zufällig wieder getroffen.«

Valeska malt mit den Zeigefingern ein großes Herz in die Luft. »Und sofort machte es Peng und in Michelles Seele erwachte die Liebe.«

»Schwachsinn!«, fauche ich. »Ich hätte ihn beinahe nicht wieder erkannt, weil er mehr Pickel hat als Haare.«

»Na und? Du kriegst auch noch Akne, wetten?«

»Wetten nicht?«, widerspreche ich. »Wenn jemand so wahnsinnig fett ist wie ich, darf er nicht auch noch zusätzlich mit Pickeln bestraft werden. Das wäre doch ungerecht!«

»Die Welt *ist* ungerecht, meine Liebe.« Valeska tätschelt meine Wange. »Und jetzt schnappt eure Taschen, Leute, da hinten kommt die Bahn. Hast du die Matheaufgaben gemacht, Aische?«

»Die waren doch ganz leicht.«

»Dann hol sie gleich raus, damit ich sie abschreiben kann.«

Während Valeska kurz darauf im Eiltempo endlose Zah-

lenreihen in ihr Matheheft kritzelt, halte ich in der Bahn Ausschau, ob es vielleicht heute irgendwas Ungewöhnliches zu entdecken gibt.
Dass sich Aische neulich über das superdicke und supersensible Mädchen in meinem Lieblingsroman lustig gemacht hat, ist mir völlig schnuppe. Gestern Abend hab ich sogar noch mal mit dem Buch angefangen und fast 70 Seiten am Stück gelesen. Dabei fiel mir auf, dass dieses Mädchen (das übrigens Marie-Thérèse heißt) eigentlich immer nur stinknormale Sachen beobachtet, die sie dann aber in ihrer Phantasie in was ganz Besonderes verwandelt.
Ich nehme eine ältere Dame in Augenschein, die mir schräg gegenüber sitzt und einen Blumenstrauß auf dem Schoß hat. Sie guckt abwechselnd aus dem Fenster und auf den Strauß und lächelt ununterbrochen vor sich hin. Ob sie nicht ganz dicht ist? Aber wer ist das schon! Bestimmt nicht die Jungs, die im Gang herumtoben und mit den Schultaschen um sich hauen und sich gegenseitig würgen, bis sie knallrot anlaufen. Wenn die Bahn hält, so wie jetzt, purzeln einige von ihnen zu Boden. Beim Aufrappeln lachen sie sich jedes Mal halb tot. Möchte mal wissen, was daran so komisch sein soll.
»Aua!«, schreie ich, weil mir jemand ganz fest auf den linken Fuß getreten ist.
Wütend hebe ich den Kopf und bedenke den Typen, der eben eingestiegen ist, mit einem bösen Blick.
»Entschuldigung«, sagt er mit einem umwerfenden Lächeln. Dann klemmt er sich die Schultasche unter seinen rechten Arm, hält sich mit der linken Hand an der Stange über seinem Kopf fest und lächelt mich noch mal an.
Wow, ist der nett! Und er sieht einfach super aus: ganz

kurze schwarze Haare, braune Augen und knubblige Ohren. Komisch, dass er mir noch nie aufgefallen ist. Ich würde gerne irgendwas sagen, aber das traue ich mich natürlich nicht. Alle paar Sekunden werfe ich ihm einen kurzen Seitenblick zu. Und er mir auch, das spüre ich. Als sich zufällig unsere Augen treffen, lächelt er schon wieder. Ich nehme meinen ganzen Mut zusammen und lächle zurück. Dabei läuft mir ein eiskalter Schauer über den Rücken.

Inzwischen ist Valeska fertig mit dem Abschreiben und unterhält sich mit Aische über Pascal, der Valeska schon zwanzig Liebesbriefe geschrieben hat. Trotzdem will sie nichts von ihm wissen.

»Pascal ist einfach nicht mein Fall«, reimt sie. »Das hab ich ihm auch schon x-mal gesagt. Aber dieser Spinner lässt nicht locker, obwohl er –«

Valeska verstummt, weil Aische sie mit dem Ellenbogen in die Rippen gestoßen hat.

»Was ist denn?«, fragt Val, worauf Aische erst in meine Richtung und dann in die Richtung des schwarzhaarigen Jungen nickt. Aha, ihr ist also nicht entgangen, dass wir uns immer wieder angucken. Sie flüstert Val etwas ins Ohr, worüber die beiden anschließend leise kichern. Echt albern!

Zwei Minuten später müssen wir raus. Und siehe da: Der Schönling steigt ebenfalls aus. Ob er etwa auf unsere Schule geht?

Nein, leider nicht. Statt in den Eingang vom Luisengymnasium einzubiegen, marschiert der Typ weiter, wahrscheinlich zum Görres-Gymnasium direkt um die Ecke. Ich bleibe stehen und gucke ihm hinterher.

»Kennt ihr den?«, frage ich meine zwei Freundinnen.
»Willst du ihn kennen lernen?«, fragt Val zurück. »Bin gleich wieder da!«
Sie lässt die Tasche fallen und flitzt los. Wo will sie denn hin? Aha, zu Jasmin, die ich am anderen Ende der Straße entdecke. Sie geht aufs Görres-Gymnasium und ist im selben Tischtennisverein wie Valeska. Die beiden haben sogar schon mal die Stadtmeisterschaft im Doppel gewonnen.
Nachdem Val sie begrüßt hat, quatscht sie auf Jasmin ein und zeigt dabei auf den Typen aus der Bahn, der gerade den Zebrastreifen überquert. Erst jetzt fällt mir auf, dass er leicht humpelt.
»Sieht nicht übel aus, der Knabe!«, meint Aische und holt eine Tüte Lakritz aus der Tasche. »Der ist bestimmt schon sechzehn oder siebzehn. Würde mich echt wundern, wenn der keine Freundin hat.«
»Ach nee!«, brumme ich gereizt. »Dass ich null Chancen bei ihm habe, weiß ich selbst.«
»Davon hab ich überhaupt nichts gesagt. Hier, willst du auch?«
Ich schüttle den Kopf, worauf Aische einen Lakritztaler aus der Tüte holt, ihn in meinen Mund schiebt und mir anschließend einen Kuss auf die Backe drückt. Ich muss grinsen.
In diesem Moment kommt Val angerannt.
»Er heißt Raoul van Josten, ist letzten Monat sechzehn geworden, hat vorletzte Woche mit seiner Freundin Wiebke Schluss gemacht, kommt normalerweise mit dem Rad zur Schule, hat sich aber gestern im Sportunterricht einen Fuß verstaucht und ist deshalb heute mit der Bahn gefahren«, berichtet sie.

»Warum weiß denn Jasmin alles über ihn?«, wundere ich mich. »Ist sie mit ihm befreundet?«
»Nicht direkt«, antwortet Valeska. »Aber dieser Raoul ist ein richtiger Star in ihrer Schule. Angeblich sind mindestens dreihundert Mädels in ihn verknallt. Und darum interessieren sie sich auch für alles, was mit ihm zu tun hat. Wetten, dass der Kerl total eingebildet und ein richtiges Ekel ist?«
»Wahrscheinlich«, seufze ich. »Deshalb würden wir auch prima zusammenpassen: die Tonne und das Biest. Kommt, gehen wir rein! Es hat schon zweimal gegongt.«

5356

Raoul van Josten ...
Zig Mal hab ich versucht mir den Schönling mit dem klangvollen Namen aus dem Kopf zu schlagen – vergeblich. Seit er mir gestern auf den Fuß getreten ist, fahren die Gedanken an ihn in meinem Hirn Achterbahn. Auch jetzt beim Frühstück.
Mein Vater hat heute Frühschicht und gondelt nun schon seit ein paar Stunden in der 704 zwischen Neuss und Derendorf hin und her. Und meine Mutter ist einkaufen. Ich könnte also ganz gemütlich eine halbe Packung Toastbrot, drei gekochte Eier, einen Riesenberg Müsli und fünf Jogurts futtern, ohne mir irgendwelche Kommentare von meiner Mutter anhören zu müssen. Sie meint es zwar gut, wenn sie mich bei meinen gelegentlichen Fressanfällen daran erinnert, dass ich schon fett genug bin. Trotzdem finde ich es manchmal ganz schön nervend.
Doch statt mir an diesem Samstagmorgen mal so richtig den Bauch voll zu stopfen, rühre ich weggetreten in meinem Kakao herum und sehe Raouls Lächeln vor mir. Ich überlege, ob dieser Fußtritt gestern vielleicht das ganz große sensationelle Ereignis gewesen ist, auf das ich nun schon seit Jahren warte.
Ja, okay, der Tritt und vor allem das Lächeln waren echt Wahnsinn, aber die entscheidende Frage ist ja wohl, ob sich daraus mehr ergeben wird als die stundenlangen Kitsch-

träume, die mich seither verfolgen. Raoul und ich auf einer Bank im Hofgarten, Raoul und ich beim Einkaufsbummel in London, Raoul und ich beim Snowboarden in den Alpen, Raoul und ich auf einer einsamen Insel – und zwar immer eng umarmt und die Lippen aufeinander gepresst. Totaler Schwachsinn!
Am besten sollte ich Raoul so schnell wie möglich abhaken. Ist ja wohl klar, dass ich niemals seine Freundin werden könnte! Warum sollte Mister Mädchenschwarm sich ausgerechnet mit Miss Breitarsch einlassen? Eher würde der Bundeskanzler bei den Toten Hosen einsteigen.
Es klingelt.
Ist das etwa schon der Briefträger?
Ich gehe in den Flur und nehme den Hörer von der Sprechanlage. »Ja?«
»Valeska.«
Hä? Was will die denn hier? Normalerweise fährt sie am Samstagvormittag immer mit ihrem Vater in den Supermarkt.
»Geht ihr denn heute nicht einkaufen?«, rufe ich ihr entgegen, als sie die Treppe hochkommt.
Valeska schüttelt nur den Kopf. Zur Begrüßung umarmt sie mich ganz fest – und lässt mich nicht mehr los.
»Hey, was ist denn los?«
Statt zu antworten, fängt Val an zu weinen. Sie presst ihr Gesicht an meinen Nacken und wimmert leise vor sich hin. Ich stelle keine Fragen, sondern streiche ihr nur über den Kopf. Eine halbe Ewigkeit stehen wir so im Flur.
Plötzlich reißt Val sich los, stürmt aus der Wohnung und läuft die Treppe hinunter. Ich bin zu perplex, um ihr sofort hinterherzurennen.

»Warte doch!«, brülle ich, aber da höre ich schon die Haustür zuschlagen.
Ich flitze auf den Balkon. Valeska will gerade um die Ecke biegen.
»Komm zurück!«, schreie ich. »Was hast du denn?«
Val bleibt stehen, guckt zu mir hoch und verzieht ihr tränennasses Gesicht zu einem traurigen Lächeln. Ich will noch etwas rufen, aber Val winkt mir kurz zu und stapft dann mit großen Schritten davon.
?!?
Ich wische mir Valeskas Tränen vom Hals. Nein, ich hab nicht den blassesten Schimmer, was ich von diesem merkwürdigen Auftritt halten soll. Klar, irgendwas Schlimmes muss passiert sein, aber was?
Kurz entschlossen marschiere ich zum Telefon und wähle Aisches Nummer. Ihre Mutter meldet sich.
»Du hast leider Pech, Michelle, Aische ist gerade mit ihren Geschwistern ins Hallenbad gefahren. Soll ich ihr was ausrichten?«
»Nicht nötig, Frau Günoglu. Ich ruf später noch mal an. Schönes Wochenende!«
»Danke gleichfalls! Tschüss!«
Grübelnd kehre ich zurück in die Küche und setze mich vor meinen Kakao. Während ich einen Schluck trinke, sehe ich Valeskas verheultes Gesicht vor mir.
Und auf einmal breche ich selbst in Tränen aus.

■

Den Nachmittag würde ich am liebsten vor der Kiste verbringen und Viva gucken. Gleich kommt die Sendung mit

Dennis D., meinem Lieblings-VJ. Aber nein: Meine Eltern schleppen mich mal wieder auf einen dieser öden Trödelmärkte mit, auf denen wir fast jedes Wochenende rumhängen.
Unser Auto tuckert im Zeitlupentempo durch die Gegend. Als Straßenbahnfahrer ist es mein Vater leider gewohnt nicht schneller als fünfzig zu fahren. Fehlt nur noch, dass er alle dreihundert Meter den Namen der nächsten Haltestelle ausruft.
Angeblich nervt es meine Eltern, wenn ich im Auto meinen Walkman laufen lasse. In Wirklichkeit ist es ihnen nur peinlich sich ständig anzuschweigen.
Vor einem Monat haben wir Opa Jürgen in Bremerhaven besucht und fast auf der ganzen Fahrt dorthin ließ ich den Kopfhörer auf den Ohren. Und was passierte? Stundenlang redeten meine Eltern kaum ein Wort miteinander. Meine Mutter war nämlich sauer auf meinen Vater, weil der am Abend fast eine Stunde lang mit einer Kollegin telefoniert hatte. Auf solche Kleinigkeiten reagiert Mutter oft mit furchtbaren Eifersuchtsanfällen.
Doch sobald ich ein Tape wechselte, quatschten sie und Vater gleichzeitig auf mich ein. Na bitte: Wenn es mich nicht gäbe, wären die zwei schon längst geschieden, wetten?
Ihr zweites Hobby ist Blechspielzeug. Auf der Suche nach diesem Kram grasen wir regelmäßig alle Trödelmärkte zwischen Aachen und Bielefeld ab, schnarch!
»Warum bist du denn so nervös, Michelle?«, fragt meine Mutter.
»Ich bin nicht nervös.«
»Und wieso knabberst du dann schon seit einer halben Stunde auf deiner Unterlippe herum?«

»Weil die nicht so viele Kalorien hat wie ein Schokoriegel. Macht doch mal das Radio etwas lauter!«

»Dann können wir uns nicht mehr unterhalten.«

»Das ist keine Unterhaltung, sondern ein Interview«, maule ich. »Wie immer!«

Meine Eltern gehen nicht darauf ein.

Mit verschränkten Armen hänge ich auf dem Rücksitz herum und gucke aus dem Fenster, ohne richtig was zu sehen. Dauernd muss ich an Raoul und sein Lächeln denken. Und zwischendurch auch immer wieder an Valeska. Ehrlich gesagt bin ich ein bisschen enttäuscht von ihr. Was sollte dieser blöde Abgang? Sie hätte mir doch erzählen können, warum sie geweint hat. Seit heute Morgen zerbreche ich mir den Kopf darüber, was wohl dahinter stecken könnte.

Gestern in der Schule war Val noch gut drauf. In der Geschichtsstunde bei Herrn Strobel war sie mit Feuereifer bei der Sache. Sogar hinterher in der Bahn redete sie noch total aufgedreht über Ludwig XV. und Madame Pompadour und das Liebesleben in Versailles. Am Nachmittag hatte sie Tischtennistraining und danach eine Verabredung mit Mario, mit dem sie zwei Monate zusammen war. Sie wollte ihm klarmachen, dass endgültig Schluss ist und er sie gefälligst in Ruhe lassen soll.

Ob sie vielleicht wegen Mario so traurig war? Kann ich mir eigentlich nicht vorstellen. Noch nie im Leben hat Val auch nur eine einzige Träne wegen einem Jungen vergossen.

»So, wir sind da«, verkündet mein Vater in diesem Moment und lenkt das Auto auf einen riesigen Parkplatz. Von weitem sehe ich schon die ersten Stände, worauf sich prompt meine Trödelmarktallergie meldet. Die Symptome sind heftiges Gähnen, schwere Augenlider und müde Beine.

Mein Vater steigt aus und sagt den berühmten Satz, den ich mir fast jedes Wochenende anhören muss: »Na, mal sehen, ob wir heute das eine oder andere Schnäppchen machen können.«

Dann stiefeln wir los, meine Eltern voran, ich hinterher, die geballten Fäuste in den Taschen meiner schwarzen Jeansjacke vergraben.

Zum Glück bleibe ich in den kommenden zwei Stunden von Fragen verschont. Ab sofort haben meine Eltern nämlich nur noch Augen und Ohren für den Blechschrott, mit dem unsere ganze Wohnung voll gepackt ist. Figuren, Autos, Eisenbahnen, Dampfmaschinen – meine Eltern sind richtige Blechspielzeug-Junkies und hätten dringend eine Therapie nötig. Mit dem Haufen Geld, das sie jedes Jahr für dieses Zeug ausgeben, könnte mir ein Schönheitschirurg dreißig Kilo Fett absaugen. Dann wäre ich nur noch doppelt so dick wie Esther.

Nachdem wir eine Stunde lang über den Markt getigert sind, gibt's was zu futtern.

»Ich will nichts«, erkläre ich, als wir auf die Reibekuchenbude zusteuern.

»Warum denn nicht?«, fragt Mutter erstaunt.

»Lass sie doch«, mischt sich mein Vater ein.

Er bestellt für Mutter eine und für sich gleich vier Portionen und lacht über die Witze, die der Typ in der Bude über seine Megawampe macht. Bevor er die Reibekuchen in sich reinschaufelt, strahlt er sie selig an. Essen, Blechspielzeug, Straßenbahnfahren, Fernsehen und Skatspielen können ihn richtig glücklich machen.

Während Mutter auf ihren Reibekuchen herumkaut, streift sie mich ständig mit fragenden Blicken. Sie fragt sich garantiert, warum ich auf so was Leckeres verzichte. Tja, sie weiß halt nichts von Raoul und den Hirngespinsten in meinem Hinterkopf, in denen er die Hauptrolle spielt und ich die Speckrolle.

Kaum hat mein Vater den letzten Bissen verdrückt, geht die Latscherei wieder los. Fünf Minuten später wechseln meine Eltern einen begeisterten Blick und flüstern erst sich und dann mir was ins Ohr: Sie haben einen kleinen Blechkrankenwagen entdeckt, nach dem sie angeblich schon jahrelang Ausschau halten. O Gott, gleich geht die Preisverhandlung los, die oft endlos dauert!

»Hey, Michelle! Was willst du denn hier?«

Ben, einer der nettesten Jungs aus unserer Klasse, steht vor mir.

»Meine Eltern haben mich mitgeschleppt«, sage ich und zeige auf die beiden, die gerade mit leuchtenden Augen den Krankenwagen unter die Lupe nehmen. »Die reden nicht nur Blech, sondern kaufen auch welches. Und du? Suchst du CDs?«

»Nee, wir haben einen Stand da vorn. Kennst du Ann-Katrin?«

»Welche Ann-Katrin? Die mit dem –«

»Genau«, unterbricht er mich. »Wir verkaufen Kerzen, die sie selbst gemacht hat. O, da sind gerade ein paar Kunden! Ciao!«

Er läuft zu seinem Stand, hinter dem Ann-Katrin sitzt und zwei älteren Ehepaaren was über ihre Kerzen erzählt. Sie ist in unserer Parallelklasse. Vor zwei Jahren wurde sie mitten auf einem Zebrastreifen von einem besoffenen Idio-

ten überfahren und verlor dabei das linke Bein. Im Schwimmbad haben Aische und ich sie mal dabei beobachtet, wie sie ihre Beinprothese abnahm. Davon waren wir so geschockt, dass wir unsere Sachen gepackt haben und nach Hause geradelt sind.
Inzwischen haben sich die älteren Ehepaare entschlossen Ann-Katrin zwei Kerzen abzukaufen. Nachdem sie bezahlt und sich verkrümelt haben, lachen sich Ben und Ann-Katrin an. Dann kniet er sich neben sie, umarmt sie und küsst sie auf den Mund.
Hä? Ben und Ann-Katrin? Das darf ja wohl nicht wahr sein! Warum hab ich in der Schule noch nichts davon mitgekriegt?
»Bin gleich wieder da!«, ruf ich meinen Eltern zu und verschwinde zu den Telefonzellen in der Nähe vom Eingang. Eine ist frei.
Ich wähle Aisches Nummer, aber dort meldet sich niemand. Ob Valeska vielleicht endlich zu Hause ist? Nach ihrem plötzlichen Verschwinden heute Morgen hab ich alle zwanzig Minuten bei ihr angerufen und jedes Mal sagte mir ihr kleiner Bruder, dass Val nicht da sei.
Ich wähle ihre Nummer. Sie meldet sich.
»Ben und Ann-Katrin sind zusammen!«, platze ich heraus. »Stell dir das mal vor: Ben und Ann-Katrin!«
»Welche Ann-Katrin?«
»Die mit dem Plastikbein. Seit wann ist sie denn Bens Freundin?«
»Seit Anfang der Woche, glaub ich. Warum regst du dich so darüber auf?«
»Tu ich doch gar nicht«, widerspreche ich. »Aber trotzdem finde ich es reichlich seltsam. Du nicht?«

»Warum sollte ich?«
»Na hör mal! Die halbe Klasse ist in Ben verknallt und er geht mit Ann-Katrin!«
»Na und? Wo bist du überhaupt?«
»Am Aachener Platz.«
»Ich wollte dich auch gerade anrufen. Wegen heute Vormittag. War ja ganz schön daneben, diese beknackte Heulerei!«
»Was hattest du denn?«
»Eigentlich nichts.« Sie lacht verlegen. »Vergiss den Quatsch, okay? Ich weiß selbst nicht, warum ich so drauf war.«
»Hast du Kummer?«
Sie zögert einen Moment und lacht dann wieder. »Hab ich mal Kummer, wähl ich deine Nummer«, blödelt sie. »Nein, es ist alles okay. Vielleicht war ich nur ein bisschen durcheinander, weil ich gestern meine Tage gekriegt habe. Und jetzt geh endlich zurück zu deinen Eltern, sonst lassen die dich über Lautsprecher ausrufen.«
»Ich komm morgen mal kurz vorbei.«
»Morgen bin ich den ganzen Tag unterwegs. Bis Montag! Tschüss!«
Sie legt auf. Ich halte noch eine Weile den Hörer am Ohr, dann knalle ich ihn wütend auf die Gabel.
Dieses falsche Lachen!
Valeska hat mir immer die Wahrheit gesagt – bis jetzt . . .

5357

Spinn ich?
Als ich um halb drei am Hauptbahnhof aus der Bahn steige, entdecke ich Jens-Peter vor dem Haupteingang – mit einer roten Rose in der Hand. Peinlich! Was soll denn der Quatsch? Will er mir einen Heiratsantrag machen oder nur mit mir zusammen ins Kino gehen? Jetzt muss ich den ganzen Nachmittag dieses Grünzeug mit mir rumschleppen, grrr!
»Hallo!«, begrüße ich ihn leicht genervt. »Ist die für mich?«
»Für wen sonst?«
Er strahlt über beide Pickelbacken, guckt mir aber nicht in die Augen, sondern auf meinen Mittelscheitel.
»Danke«, nuschle ich und nehme die Blume. »Gehen wir?«
Er nickt. Wir setzen uns in Bewegung. Es ist so stürmisch, dass meine Haare wie verrückt durch die Gegend flattern.
»Hast du keine Spangen dabei?«, fragt Jens-Peter.
»Nee.«
Mehr reden wir nicht, bis wir in dem riesigen Ufa-Palast ankommen, in dem fast zwanzig verschiedene Filme laufen. Aufmerksam studieren wir die Plakate.
»Wie wär's mit Zeichentrick?«, schlägt Jens-Peter vor. »Der hier mit dem Wal soll ganz lustig sein.«
»Kinderkram! Und auf Action mit langweiligen Ballereien hab ich auch keinen Bock.«
»Hm.«

»Am liebsten würde ich mir den neuen Film von Jim Carrey angucken. Über den lache ich mich immer tot.«
»Okay, von mir aus.«
Jens-Peter stellt sich an der Kasse an und kauft zwei Tickets.
»Du kannst ja dafür das Popcorn bezahlen«, meint er anschließend. »Oder . . . äh . . . machst du gerade . . . äh . . . ich meine . . .«
Er vermeidet zwar jeden Blick auf meinen Bauch, aber ich weiß genau, was sein Herumgedruckse bedeuten soll: dass Popcorn nicht das Richtige für mich wäre, falls ich gerade eine Diät machen würde. Und obwohl ich seit gestern tatsächlich eine mache (nämlich die Magere-ab-zum-Skelett-damit-du-eine-Chance-bei-Raoul-hast-Diät), antworte ich locker: »Von zwei Kilo Popcorn werde ich schon nicht platzen.« Und dann hole ich uns zwei große Becher und drücke Jens-Peter einen davon in die Hand.
»Wo müssen wir denn jetzt lang?«, frage ich ihn kauend.
»Zweite Etage und dann links. Komm, wir nehmen den Aufzug.«
Auf dem Weg dorthin kommen wir an zwei dunkelhäutigen Jungs vorüber, die ich von irgendwoher kenne. Anscheinend geht es den beiden genauso, denn nachdem sie mich bemerkt haben, gucken sie sich fragend an. Ich dreh mich noch mal nach ihnen um – da grinst der Größere der beiden mich an und summt den Anfang von *Eleanor Rigby*. Natürlich: Das ist der Typ, der uns vorgestern auf der Kö 20 Mark in die Kiste geworfen hat.
»'n Freund von dir?«, fragt Jens-Peter, als wir den Aufzug betreten.«
»Nee, nur mein Verlobter.«

Er kichert leise und drückt auf den Knopf mit der Zwei. »Pakis sind übrigens echt in Ordnung.«
»Wie meinst du das?«
»Na ja, ordentlich und fleißig und sauber und so.«
Ich schüttle den Kopf. »Hört sich an, als würdest du über 'ne Hunderasse reden.«
Das findet Jens-Peter so komisch, dass er anfängt zu lachen und erst wieder damit aufhört, als wir den Kinosaal betreten. Er will unbedingt in die letzte Reihe.
»Muss das sein?«, meckere ich. »Da braucht man ja ein Fernglas.«
»Quatsch!«
Weil ich nicht mit ihm rumstreiten will und es auch schon dunkel im Saal geworden ist, folge ich ihm hoch zur letzten Reihe. Direkt am Gang sind noch zwei Sitze frei, auf denen wir uns niederlassen. Ich lasse die Rose zwischen meine Füße fallen.
Während der Vorschau und der Werbung futtern wir unsere Popcornbecher leer. Ich hab einen richtigen Heißhunger, weil ich heute erst einen Apfel und zwei Möhren gegessen habe. Natürlich weiß ich genau, dass diese Diät völlig hirnrissig ist. Selbst wenn ich zehn Kilo abnehmen würde, wäre ich immer noch fetter als Stefanie, die nach mir das dickste Mädchen in der Klasse ist. Es gibt nur ein einziges Mittel mein Gewicht zu halbieren: eine Säge nehmen und mich in zwei Hälften schneiden.
Seit einer Viertelstunde glotzt Jens-Peter nun schon auf die Leinwand, ohne eine einzige Regung zu zeigen. Er verzieht keine Miene und lacht nicht mal bei den witzigsten Werbespots.
Als dann endlich der Film beginnt und Jim Carrey mit

seinen Gags und Grimassen loslegt, ändert das nichts. Völlig unbeteiligt verfolgt Jens-Peter das Geschehen, was mich am Anfang so nervös macht, dass ich ihn öfter angucke als Jim Carrey. Doch irgendwann wird mir das einfach zu blöd! Und von da an konzentriere ich mich nur noch auf den Film und vergesse den scheintoten Bäckerazubi neben mir.

Plötzlich zucke ich erschrocken zusammen: Jens-Peter hat mich an der linken Brust betatscht! Geschockt starre ich ihn an. Ich will etwas sagen, kriege aber kein Wort raus. Mein Herz klopft wie verrückt. Und Jens-Peter? Der dreht nicht mal den Kopf in meine Richtung.

War das etwa nur Einbildung?

Ich schaue wieder zur Leinwand, kann mich jedoch nicht mehr richtig auf den Film konzentrieren. Total verkrampft hocke ich da und warte gespannt darauf, ob Jens-Peter vielleicht noch mal auf die Idee kommt die Griffel nach mir auszustrecken.

Mindestens zehn Minuten gehen vorüber, ohne dass etwas geschieht. Mittlerweile hab ich mich wieder beruhigt. Wahrscheinlich leide ich an Halluzinationen. Niemals würde Jens-Peter es wagen mir einfach so am Busen rumzufummeln.

Irrtum: Kurz darauf greift mir dieser Idiot zum zweiten Mal an die Brust.

Nicht zu fassen!

Ich halte die Luft an und schiele hinunter auf seine Hand. Diesmal lässt er mich nicht sofort wieder los. Erst bleiben die Finger unbeweglich auf meiner Jeansjacke liegen, dann drückt er langsam zu. Komischerweise muss ich in diesem Moment daran denken, wie wir früher zusammen Mau-

Mau gespielt haben. Sind das wirklich dieselben Finger, die damals die Karten gehalten haben?
»Pfoten weg, du Arsch!«, brülle ich so laut, dass sich das halbe Kino nach uns umdreht. Einige kichern, andere beschweren sich über die Störung.
Jens-Peter hat sofort die Hand weggerissen.
»Was soll der Scheiß?«, zische ich wütend, worauf er sich am Hals kratzt und weiter auf die Leinwand stiert. Trotz der Dunkelheit und den 250 Pickeln auf seinem Gesicht erkenne ich, dass er rot wird. Das bleibt allerdings seine einzige Reaktion, obwohl ich ihn bis zum Ende des Films ständig mit finsteren Blicken bombardiere und mir ausmale, wie ich ihn fertig machen werde, sobald wir das Kino verlassen haben.
Doch kaum hat die Schlussmusik begonnen, steht Jens-Peter hastig auf und steuert auf den Ausgang zu.
»Hey, warte!«, rufe ich ihm hinterher.
Er verschwindet, ohne sich noch mal nach mir umzudrehen.
So ein mieser Feigling!
Ich will ihm nach, aber das Gewühl um mich herum ist einfach zu groß. Als ich endlich raus auf den Gang komme, ist von Jens-Peter nichts mehr zu sehen. Auch nicht in der Nähe des Aufzugs oder unten in der Halle. Ob er sich auf die Toilette verkrümelt hat? Dann sollte er seine Rübe in die Kloschüssel stecken und kräftig auf die Spülung drücken! Vielleicht hilft das gegen den Haufen Scheiße in seinem Hirn.

■

Noch eine Viertelstunde später in der Bahn zittern mir die Hände vor Wut und Enttäuschung. Ich muss mich unbedingt bei jemandem ausquatschen. Valeska ist ja heute leider den ganzen Tag unterwegs. Und Aische besucht sonntags immer irgendwelche Verwandte. Soll ich trotzdem mal bei ihr klingeln? Wenn sie nicht da ist, rufe ich Tante Margret an. Mit ihr kann ich auch über alles reden und werde nicht ständig mit Fragen gelöchert.
Beim Aufstehen entdecke ich schon wieder den Jungen, der uns den Zwanziger gespendet hat. Er ist allein. Dass er mich vorhin im Kino wieder erkannt hat, finde ich erstaunlich. Wir waren ja schließlich zu viert, als er vorgestern zusammen mit seinen Kumpels auf der Kö vor uns stehen blieb, um unseren genialen Gesangskünsten zu lauschen.
Kurz vor der Haltestelle schwingt er sich ebenfalls vom Sitz und kommt auf mich zu, ohne mir jedoch besondere Beachtung zu schenken.
Wohnt er etwa hier in der Nähe? Ich steige aus, überquere die Straße und drehe mich dann nach dem Jungen um. Er ist verschwunden.
Auf dem Weg zu Aische komme ich auch an Valeskas Haus vorbei. Obwohl es vermutlich sinnlos ist, drücke ich auf die Klingel. Niemand meldet sich über die Sprechanlage, also ist Val wirklich unterwegs.
Bei Aische habe ich mehr Glück. Allerdings reagiert sie mit einem leicht enttäuschten »Ach du bist's!«, als ich meinen Namen nenne. Erst dann drückt sie auf den Summer.
Oben in der Wohnung begrüßt sie mich mit vier Küsschen und der Erklärung, dass sie schon seit drei Stunden auf David warten würde.

»Wieso?«, wundere ich mich. »Seid ihr denn wieder zusammen?«
»Nicht richtig. Wir sehen uns nur ab und zu und gehen spazieren und machen 'ne Menge Quatsch. Echt blöd, dass er nie pünktlich sein kann! Ansonsten ist er total in Ordnung.«
Sie guckt auf die Uhr. »Ich muss jetzt los zu Onkel Orhan. Seine Schwiegermutter aus der Türkei ist zu Besuch.«
»Ich bring dich hin, okay?«
»Gute Idee! Unterwegs muss ich dir unbedingt was erzählen.«
»Ich dir auch.«
Aische schlüpft in ihren blauen Anorak und steckt ihre Schlüssel ein. Dann verlassen wir die Wohnung.
Im Treppenhaus lege ich los mit der Story über Jens-Peter.
»Kapierst du das?«, frage ich Aische, nachdem ich ihr alles berichtet habe.
Sie zuckt die Achseln. »Er ist halt schüchtern«, meint sie.
»Schüchtern? Der Kerl hat mich nur deshalb ins Kino mitgeschleppt, weil er mich befummeln wollte!«
»Eben! Normalerweise hätte er dich erst gefragt, ob du mit ihm gehen willst. Und wenn du Ja gesagt hättest, hätte er dich geküsst. Und erst danach wäre er dir an die Wäsche gegangen. Aber für die ersten zwei Schritte hat er nicht genug Mumm gehabt, verstehst du? Und darum hat er's gleich mit der Fummelei versucht.«
»Dieser Vollidiot!«
Aische lacht. »Reg dich nicht auf! Du brauchst ihn ja nie mehr wieder zu sehen.«
»Dieser Vollidiot!«, wiederhole ich stinksauer und schimpfe weiter über den dreisten Kerl, der mal mein Freund

gewesen ist – bis es Aische zu bunt wird und sie mir den Mund zuhält.
»Wenn du noch einmal den Namen Jens-Peter erwähnst, beiß ich dir die Zunge ab.«
»Schon gut, ich hör ja schon auf«, beruhige ich sie. »Aber eins schwöre ich dir: Ich gehe nie mehr mit einem Jungen ins Kino! Na ja, außer vielleicht mit Raoul«, füge ich lächelnd hinzu.
»Du meinst diesen Raoul van Beethoven, den Schönling vom Görres-Gymnasium?«
»Erstens heißt er Raoul van Josten und zweitens war das nur 'n Witz. Ein Typ, bei dem die Mädels Schlange stehen, würde sich doch niemals mit einem Monster wie mir einlassen. Guck mich doch an!«
Ich bleibe vor einem Schaufenster stehen. Kopfschüttelnd betrachtet Aische mein Spiegelbild.
»Ich weiß gar nicht, was du hast«, meint sie allen Ernstes. »Du siehst doch wirklich gut aus.«
»Hä?«
»Okay, abgesehen vielleicht von deinen Haaren. Warum schneidest du nicht endlich diese langweiligen Strähnen ab? Was ganz Kurzes würde viel besser zu dir passen.«
»Mensch, Aische, bist du blind? Mein Problem ist nicht die Frisur, sondern der Rest meines Körpers! Gib's zu: So ein fettes Schwein wie mich hast du noch nie gesehen.«
»Doch, gestern im Fernsehen. Da gab's 'ne Sendung mit einem Haufen Männer, die alle viel dicker waren als du.«
»Was für Männer waren das denn?«
»Sumo-Ringer.«
Ich muss lachen, obwohl mir eher zum Heulen zu Mute ist. Aische küsst mich auf die Stirn, dann gehen wir weiter.

»Glaub mir, Michelle, du hast genau so viele Chancen bei diesem Raoul wie jedes andere Mädchen auf der Welt. Versuch's doch einfach mal bei ihm! Und wenn er dich abblitzen lässt, dann vergiss ihn.«
»Du hast gut reden«, seufze ich. »Was meinst du, wie beschissen man sich fühlt, wenn man als Nilpferd durch die Gegend laufen muss?«
»Ach komm, ich bin auch nicht ganz perfekt.«
»Blödsinn!«
»Und was ist mit dem Bart unter meiner Nase?«
»Die paar Härchen . . .«
»Wenn David mit mir knutscht, behauptet er immer, er würde eine Klobürste küssen.«
»Und mit so einem Dummschwätzer gibst du dich ab?«
Wir biegen in die Reisholzer Straße ein. Von hier aus ist es nicht mehr weit bis zu Aisches Onkel. Ich hab ihn schon ein paar Mal mit ihr zusammen besucht. Er hat eine Imbissbude und macht die besten Döner in ganz Düsseldorf.
»Du wolltest mir doch irgendwas erzählen«, erinnere ich Aische. »Hau rein, wir sind gleich da!«
»Valeska war heute Vormittag bei mir. Und sie war total komisch drauf.«
Ich bleibe stehen und reiße die Augen auf. »Hat sie geheult?«
»Das nicht. Aber sie hat irgendwie gar nichts Richtiges erzählt, sondern saß nur rum und glotzte aus dem Fenster und gackerte ab und zu vor sich hin. Wie kommst du darauf, dass sie geheult hat?«
Ich erzähle ihr von Vals gestrigem Besuch bei mir.
»Kapier ich nicht«, murmelt Aische. »Sie muss irgendwas auf dem Herzen haben, aber warum rückt sie denn nicht damit raus?«

»Vielleicht nimmt sie Drogen.«
»Quatsch! So was würde sie niemals tun. Und wir auch nicht. Du weißt doch: Wir drei sind so wahnsinnig vernünftig.«
»Ja, leider.«
Aische und ich lächeln uns an. Dann gehen wir weiter.
»Wir behalten Val im Auge, sagen aber kein Wort über ihre seltsamen Besuche«, schlägt Aische vor. »Sie wird uns schon verraten, was für ein Geheimnis dahinter steckt, wetten? Vielleicht sind es ja wirklich nur ihre Tage.«
»Hm.«
Vor dem Haus von Aisches Onkel umarmen wir uns.
»Viel Spaß!«, wünsche ich ihr.
»Danke, den werde ich bestimmt haben. Onkel Orhans Schwiegermutter ist nämlich richtig komisch. Alle ihre Bekannten halten sie für die witzigste Frau in ganz Anatolien. Und was dich und diesen Raoul betrifft – lass dich bloß nicht von den Zahlen auf deiner Waage verrückt machen, Michelle! Denk dran: Du bist nicht nur unheimlich fett, sondern auch unheimlich nett. Ciao!«

■

Gut gelaunt tigere ich die Reisholzer Straße wieder zurück. Aische hat mir richtig Mut gemacht! Wer weiß, vielleicht hab ich tatsächlich Chancen bei Raoul. Um das rauszukriegen, müsste ich ihn allerdings erst mal richtig kennen lernen. Wie soll ich das bloß anstellen?
Normalerweise hasse ich es mein Spiegelbild zu betrachten, aber jetzt auf dem Heimweg gucke ich in fast alle Schaufenster, an denen ich vorüberkomme. Aische hat

Recht: Kürzere Haare würden mir viel besser stehen. Durch die langen braunen Strähnen, die mein Gesicht einrahmen, wirkt es wahnsinnig breit. Hätte ich nur ein paar lustige Stoppeln auf der Rübe, würde ich bestimmt genauso pfiffig und fröhlich aussehen wie die dicke Frau aus dem Werbespot für diese neue Limonade. *Ich trinke, was mir passt!,* sagt sie am Schluss und zieht dann eine supercoole Schnute.

Beim nächsten Blick ins Schaufenster reiße ich verblüfft die Augen auf. Denn wessen Spiegelbild entdecke ich? Das von dem Typen, den ich vorhin im Kino und dann später in der Bahn gesehen habe. Mit den Händen in den Taschen schlurft er lässig die andere Straßenseite entlang und glotzt dabei ständig zu mir rüber. Was soll das? Ich lasse mir nichts anmerken und setze meinen Weg fort, behalte den Jungen jedoch weiter im Auge.

Und siehe da: Der Kerl verfolgt mich!

Egal, in welche Straße ich einbiege – er bleibt mir auf den Fersen. Ob er etwa schon seit dem Kino hinter mir her ist? Aber wieso? Ich hab null Ahnung. Was könnte denn der Typ von mir wollen? Ich komme mir vor, als hätte ich mich in einen Krimi verirrt.

Kurz vor unserer Haustür wird mir die Sache zu blöd. Abrupt bleibe ich stehen, drehe ich mich um und starre den Jungen an. Er senkt schnell den Kopf, verschwindet in der nächsten Telefonzelle, greift nach dem Hörer und quasselt hinein. Der muss mich für bescheuert halten! Ich hab doch ganz genau gesehen, dass er weder ein Geldstück noch eine Karte in den Apparat gesteckt hat.

Ich überlege, ob ich zu ihm gehen und ihn einfach fragen soll, warum er mich durch die halbe Stadt verfolgt. Aber irgendwie traue ich mich nicht. Könnte ja sein, dass er es auf meine Kohle abgesehen hat, und deshalb sollte ich ihm lieber nicht zu nahe kommen. Vielleicht lauern auch seine Kumpels ganz in der Nähe.

Plötzlich kriege ich richtig Angst.

Mit großen Schritten marschiere ich zur Haustür, schließe sie auf und flitze die Treppen hoch in unsere Wohnung. Dort gehe ich schnell in mein Zimmer und gucke aus dem Fenster.

Die Telefonzelle ist leer.

5359

Wo hast du Val gelassen?«, begrüßt mich Aische an der Haltestelle.

»Fünf Minuten lang hab ich gewartet, aber sie ist nicht gekommen. Ob sie krank ist?«

»Glaub ich nicht. Gestern in der Schule war sie doch richtig gut drauf. Die alte Schlafmütze hat bestimmt verpennt.«

»Kann sein.«

Die Straßenbahn biegt um die Ecke. Während ich meinen Schirm zumache, mustert mich Aische und fragt: »Wieso strahlst du denn so? Weil wir nachher 'ne Englischarbeit schreiben?«

»Nee, weil es so gießt.«

»Hä?«

»Bei dem Regen fährt Raoul bestimmt nicht mit dem Fahrrad zur Schule.«

Wir steigen ein. Aische entdeckt zwei freie Plätze ganz hinten auf der letzten Bank und steuert darauf zu. Ich zupfe sie am Ärmel. »Ich bleibe lieber hier im Gang stehen.«

»Kapiere: damit dir der Superboy noch mal auf die Füße latscht. Wie romantisch!«

Sie zwinkert mir zu, verkrümelt sich nach hinten und lässt sich auf der Bank nieder.

Ich gucke aus dem Fenster. Der Regen wird immer heftiger und das macht mich ganz schön nervös. Denn falls Raoul von Josten gleich wirklich in die Bahn steigt, muss ich ihn irgendwie auf mich aufmerksam machen. Das hatte ich eigentlich schon gestern vor, aber da ließ er sich nicht blicken. Ehrlich gesagt war ich heilfroh darüber. Vor lauter Aufregung hatte ich nämlich drei Liter Speichel im Mund und hätte meinen ganzen Anorak voll gesabbert, wenn ich irgendwas gesagt hätte.

Heute dagegen ist meine Kehle total ausgetrocknet. Ob ich überhaupt ein Wort rauskriege, wenn Raoul gleich auftaucht? Zig Sätze hab ich mir zurechtgelegt und hoffe, dass ich wenigstens einen davon halbwegs deutlich über die Lippen kriege.

Woher ich den Mut nehme Raoul einfach anzuquatschen? Erstens von Aische, die mich am Sonntag mit ihren Komplimenten richtig aufgebaut hat. Und zweitens von Ben und Ann-Katrin. Ich kann's immer noch nicht fassen: Der netteste Junge aus unserer Klasse ist mit einem Mädchen zusammen, dem ein Bein fehlt. Vielleicht bin ich doch nicht völlig chancenlos bei Raoul. Gemeinerweise hab ich mich sogar allen Ernstes gefragt, was eigentlich schlimmer ist: ein Plastikbein oder ein paar Dutzend Kilo Übergewicht.

Nur noch zwei, drei Minuten, dann sind wir an der Haltestelle, an der Raoul am Freitag in die Bahn gestiegen ist. Meine Hände schwitzen wie verrückt. Und dieses verdammte Piksen im Magen fühlt sich an, als hätte ich zum Frühstück einen Igel verputzt.

»Uhlandstraße!«, tönt die Stimme des Fahrers durch die Lautsprecher.

Mir rutscht das Herz in die Hose. Als die Bahn hält, werfe ich Aische einen verzweifelten Blick zu. Sie schenkt mir ein aufmunterndes Lächeln. Ich will zurücklächeln, kann aber keinen einzigen Gesichtsmuskel bewegen. Na toll!

Und da steigt er tatsächlich ein: Raoul van Josten, der große Mädchenschwarm vom Görres-Gymnasium. Wenn der wüsste, dass sich nun schon seit vier Tagen fast alle meine Gedanken und Träume mit ihm beschäftigen!
Er humpelt immer noch ein bisschen. Wieso ist er dann gestern trotz des verstauchten Fußes mit dem Rad zur Schule gefahren? Oder hat er vielleicht eine andere Bahn genommen?
Wenige Meter von mir entfernt bleibt er stehen und lässt die Schultasche zwischen seine Füße fallen. Dann schaut er sich ausgiebig nach allen Seiten um. Als sich unsere Blicke treffen, halte ich die Luft an und nicke ihm zu. Erst runzelt er die Stirn, weil er mich anscheinend nicht sofort wieder erkennt, doch schließlich nickt er ebenfalls – und lächelt mich dabei an. Wahnsinn! Das nervige Piksen in meinem Bauch verwandelt sich schlagartig in ein wohliges Kribbeln.
Blöderweise taucht in diesem Moment ein Typ mit langen blonden Haaren und Nickelbrille neben Raoul auf und fängt an mit ihm zu quasseln. So ein Mist! Prompt bin ich nur noch Luft für Raoul. Ich spitze die Ohren, um wenigstens seine Stimme zu hören, doch die jüngeren Schüler machen einfach zu viel Krach.
Warum schaut Raoul kein einziges Mal mehr zu mir rüber? Minutenlang starre ich seinen ausrasierten Nacken an. Dann senke ich den Kopf. Ich bin so geknickt, dass mir beinahe die Tränen kommen. Echt beknackt, ich weiß, aber ich kann einfach nichts dagegen tun.
Aische schnallt sofort, was mit mir los ist, und kommt zu mir.
»Hey, spinnst du? Krieg dich wieder ein!«, flüstert sie mir

ins Ohr. »Immerhin hat er dich angegrinst. Was willst du mehr? Dass er dir um den Hals fällt und dich abknutscht?«
»Erraten!«
Kopfschüttelnd kneift mir Aische in die linke Backe.
Klar, sie hat Recht: Ich sollte happy über Raouls Lächeln sein. Dass er mich überhaupt wieder erkannt hat, finde ich allerdings nicht besonders erstaunlich. So eine Speckbulette wie mich vergisst man halt nicht so schnell.
Um mich von dem Schönling abzulenken, fragt Aische nach irgendwelchen Englischvokabeln, die nachher in der Arbeit vorkommen. Ich gehe zwar darauf ein, behalte Raoul aber trotzdem im Auge. Als schließlich unsere Haltestelle ausgerufen wird und er zur Tür schlurft, setze ich mich ebenfalls in Bewegung. Und plötzlich – wow! – stehe ich so dicht neben Raoul, dass sich unsere Arme berühren. Mein Herz klopft wie verrückt. Jetzt könnte ich ihm endlich irgendwas sagen, aber mein Muffensausen ist so groß, dass ich ihn nicht mal richtig angucke. Er mich leider auch nicht. So was Blödes! Da hält auch schon die Bahn. Um Raoul im letzten Moment doch noch auf mich aufmerksam zu machen, komme ich auf eine saudumme Idee: Ich trete ihm auf den rechten Fuß.
Er schreit so laut, dass ihn alle erschrocken anstarren.
»Du blöde Kuh!«, faucht er mich an. »Kannst du nicht aufpassen? Der Fuß ist verstaucht.«
Ach du Schande! Das hab ich ja total vergessen. Statt mich zu entschuldigen, fauche ich zurück: »Jetzt sind wir quitt!«
Dann steige ich schnell aus der Bahn und marschiere mit großen Schritten und zitternden Knien in Richtung Schule.
»Warte, Michelle!«, ruft Aische hinter mir her. Kurz darauf hat sie mich eingeholt. »Echt toll, wie du dich an ihn

rangemacht hast!«, spottet sie und kichert sich dabei einen ab. »Warum hast du ihm nicht gleich einen Kinnhaken verpasst?«

»Sehr witzig!«

Vor dem Schultor erwartet uns eine Überraschung: Valeska.

»Was willst du denn schon hier?«, fragt Aische sie verblüfft.

Val macht nur ein geheimnisvolles Gesicht und möchte dann wissen, warum ich so geknickt aussehe. Aische erzählt ihr kurz und knapp von meinem Fehltritt.

»Na ja, immerhin kann der Knabe noch laufen«, meint Val und deutet mit dem Kinn auf die andere Straßenseite. Dort humpelt Raoul entlang, gestützt von zwei Mädels, die gleichzeitig auf ihn einreden. Er wirft mir einen finsteren Blick zu. Sofort schießt mir das Blut in den Kopf. Weil ich nicht weiß, wo ich hingucken soll, glotze ich auf Valeskas linken Ohrring.

»Komm, mach dir nichts draus«, versucht sie mich aufzumuntern. »Für den Typen bist du zwar gestorben, aber deswegen hängst du dich ja wohl nicht gleich auf, oder?«

Ich stoße einen Seufzer aus. »Bei mir würden sowieso alle Stricke reißen . . .«

■

Am Nachmittag bin ich immer noch ganz geknickt. So ein Schwachsinn Raoul auf den verstauchten Fuß zu trampeln! Warum hab ich ihm stattdessen nicht mein Pausenbrot auf die Rübe geklatscht? Damit hätte ich ihm wenigstens nicht so weh getan. Mann, bin ich bekloppt!

Niedergeschlagen packe ich meine Sporttasche und düse dann ab zum Basketballtraining. Unten auf der Straße werfe ich automatisch einen Blick zur Telefonzelle schräg gegenüber. Von dem dunkelhäutigen Jungen ist nichts zu sehen. Inzwischen hab ich auch meiner Mutter von ihm erzählt. Gestern Abend behauptete sie, er wäre den ganzen Nachmittag, während ich mit Aische schwimmen war, vor unserem Haus auf und ab getigert. Aber warum sollte er das tun? Vielleicht hat ihn Mutter mit jemand anderem verwechselt. Im Moment ist jedenfalls weit und breit nichts von ihm zu sehen. Dennoch drehe ich mich auf dem Weg zur Haltestelle mehrmals um.

Und siehe da: Kaum hält die Bahn, taucht dieser Junge hinter einer Litfaßäule auf, flitzt los und springt vor mir die Stufen hoch. Drinnen lässt er sich auf einen freien Platz fallen und glotzt hinaus.

Zufall? Nie im Leben!

Mit mächtig viel Wut im Bauch gehe ich an dem Jungen vorbei, der mich überhaupt nicht beachtet, und will mich ein paar Bänke weiter vorn niederlassen. Doch plötzlich mache ich kehrt und steuere direkt auf den Knaben zu. Er reagiert nicht, als ich mich neben ihm niederlasse.

»Was soll das alles, du Idiot?«, zische ich.

Der Kerl zeigt keine Reaktion.

»Was diese bescheuerte Verfolgung soll, hab ich gefragt!«, wiederhole ich eine Spur lauter und stoße dem Jungen einen Ellenbogen in die Rippen.

Da dreht er mir endlich sein Gesicht zu, zieht die Augenbrauen in die Höhe und singt dann in ohrenbetäubender Lautstärke: »Du bist so schön wie der Wald, mit dir möcht ich werden alt.«

»Hä?«
»Du bist so schön wie der Fluss, ach schenk mir doch einen Kuss!«, singt er munter weiter.
Erst jetzt entdecke ich den Walkman an seinem Gürtel und die zwei Kabel, die unter seinen halblangen schwarzen Haaren verschwinden. Er hört nicht auf mit seinem peinlichen Gesang. Zum Glück ist die Bahn fast leer.
»Ist das etwa Volksmusik?«, brülle ich.
Er macht den Walkman aus.
»Hast du was gesagt?«, fragt er grinsend.
Ich wiederhole meine Frage.
»Na klar!«, antwortet er. »Kennst du nicht die Druselheimer Dorfdeppen? Oder die Holsteiner Hodenhüpfer? Hier, hör doch mal rein! Sind wirklich genial, diese Texte!« Er rupft sich die Stöpsel aus den Ohren.
»Nee danke«, sage ich. »Ich höre lieber Michael Jackson.«
»Echt? Für den ist übrigens jeden Tag Ostern.«
»Wieso?«
»Weil er dauernd nach seinen Eiern sucht.«
Er fasst sich zwischen die Beine und quiekt dabei wie ein durchgeknalltes Ferkel. Ich muss lachen.
»Hey, du bist Michael-Jackson-Fan und kriegst trotzdem keinen Heulkrampf, wenn ich Witze über ihn mache?«, wundert sich der Junge. »Sobald ich bei uns der Klasse über irgendwelche Boygroups herziehe, stürzen sich sofort die Mädels auf mich und wollen mir die Klappe zuhalten.«
»Auf welche Schule gehst du denn?«
»Aufs Humboldt-Gymnasium. Und du?«
»Hast du das noch nicht rausgekriegt? Du spionierst doch seit zwei Tagen hinter mir her. Möchte mal wissen, warum.«

»Tja ... äh ... hm ... äh ...«
Er tut nur so, als sei er verlegen. In Wirklichkeit ist er keine Spur nervös und guckt mir ganz fest in die Augen. Seine sind pechschwarz. Normalerweise dauert es bei mir immer eine Zeit lang, bis ich mich traue einem Jungen direkt in die Augen zu schauen, aber bei diesem Witzbold macht mir das überhaupt nichts aus.
»Also, was soll diese Verfolgungstour?«, hake ich nach.
»Kannst du dir das nicht denken?«, erwidert er.
»Nö.«
»Ich wollte unbedingt rauskriegen, wo du wohnst. Und dann wollte ich irgendwann bei dir antanzen und dich anquatschen.«
»Warum?«
»Weil ich dich so blöd finde, warum sonst?«
Kopfschüttelnd grinse ich ihn an. Er lächelt zurück.
»Und wieso hast du mich nicht angequatscht?«, frage ich ihn.
»Weil du schneller warst. Und außerdem hab ich mich nicht getraut. Ich bin nämlich total schüchtern.«
»Ein Lügner bist du!«
»Ach ja stimmt, das bin ich auch«, erwidert er mit schelmischer Miene. »Übrigens heiße ich Shahid. Und du?«
»Michelle, so wie dieses elendig langsame Stück von den Beatles. Darauf haben meine Eltern zum ersten Mal zusammen getanzt.«
»Sei froh, dass sie nicht auf *Day Tripper* getanzt haben, sonst würdest du wie 'ne Geschlechtskrankheit heißen.«
Echt witzig, der Typ! Er hat mich schon wieder zum Lachen gebracht. Schade, dass ich an der nächsten Haltestelle aussteigen muss.

Nachdem ich mir meine Sporttasche gekrallt habe, stehe ich auf und gehe zur Tür.
»Wo willst du hin, holde Maid?«
»Zum Basketballtraining.«
»Darf ich dich danach abholen? Bitte, weise deinen Verehrer nicht herzlos zurück!«
Der Spinner springt hoch, fällt mitten im Gang vor mir auf die Knie, greift nach meiner rechten Hand und drückt sie an seine Backe. Dann starrt er plötzlich meine Hand an, reißt die Augen auf und schreit: »O Gott, meine Haut hat abgefärbt! Deine Hand ist jetzt braun und meine Backe weiß. Das ist ein Zeichen des Himmels: Du und ich, wir gehören zusammen!«

■

Du bist so schön wie der Fluss, ach schenk mir doch einen Kuss . . . holde Maid . . . dein Verehrer . . . du und ich, wir gehören zusammen . . .
Beim Basketballtraining kann ich mich gar nicht richtig konzentrieren, weil mir immer wieder die Sprüche von diesem Shahid durch den Kopf schießen. Ob er tatsächlich nachher vor der Halle auf mich warten wird?
»Kommst du mal bitte zu mir, Michelle?«, ruft Frau Köster gegen Ende des Trainings quer durch die Halle. Ich werfe der langen Konstanze den Ball zu und trabe los.
»Was ist denn?«
Unsere Trainerin legt einen Arm um meine Schulter. »Am Sonntag ist doch das Spiel gegen Leverkusen«, beginnt sie, während wir langsam auf und ab gehen. »Du weißt, wie wichtig das für mich ist.«

Ich nicke. »Weil Sie dort mal gefeuert worden sind, stimmt's?«
»Sagen wir mal so: Die haben mich rausgeekelt. Jedenfalls hätte ich überhaupt nichts dagegen, wenn wir am Sonntag haushoch gewinnen würden. Und deshalb wäre es gut, wenn ... äh ...«
»Verstehe«, seufze ich. »Ich darf nicht mitspielen.«
»Nicht von Anfang an. Im Spielverlauf werden wir dann sehen, ob und wann du zum Einsatz kommst. Du gehörst nun mal nicht zu den wendigsten und schnellsten Spielerinnen.«
Und vor allem nicht zu den dünnsten.
»Du bist doch nicht böse, oder? Beim übernächsten Spiel kannst du dann wieder von Anfang an dabei sein.«
»Okay«, sage ich. Was soll ich auch sonst sagen? Dass ich ihr am liebsten einen Basketball in den Magen donnern würde? Dass ich mit den Tränen kämpfen muss – wie fast immer, wenn ich so nett und höflich auf meine Monsterfigur aufmerksam gemacht werde? Dass ich einige Sekunden lang überlege in eine Sportart zu wechseln, bei der ich niemals meinen Overall ausziehen muss?
»Okay«, murmle ich noch mal, versuche dabei sogar zu lächeln und verkrümle mich dann in die Umkleidekabine. Frau Köster verabschiedet mich mit einem Klaps auf den Po.
Als ich zehn Minuten später aus der Halle komme, halte ich vergeblich Ausschau nach Shahid. Soll ich auf ihn warten? Ach Quatsch! Den sehe ich wahrscheinlich nie mehr wieder.
Von wegen! Kaum habe ich die Haltestelle erreicht, kommt Shahid angerannt. Total außer Puste, erklärt er: »Tut mir

Leid, ich hab mich etwas verspätet. Soll nie wieder vorkommen. Großes Pakistanerehrenwort!«

Und schon wieder fällt er vor mir auf die Knie. So ein Blödmann! Eine alte Frau, die gerade vorübergeht, stiert ihn an wie einen Irren. Ich packe ihn an den Händen und ziehe ihn hoch. Erschrocken starrt Shahid auf seine Handflächen.

»Du – du mich nicht anfassen sollen«, stammelt er übertrieben entsetzt. »Du weißen doch: Ich färben ab. Schmutzig Paki machen schönes deutsches Mädchen dreckig.«

»Was soll der Scheiß?«

Er grinst. »Findest du nicht, dass meine Hautfarbe irgendwie schmutzig aussieht? Das behaupten jedenfalls 'ne Menge Leute, die ich kenne. Ist doch auch so, oder?«

»So was Idiotisches hab ich noch nie gehört.«

Shahid klopft mir auf die Schulter. »Brav, Michelle! Eine andere Antwort hab ich nicht von dir erwartet. Du und deine Freundinnen, ihr seid schließlich so 'ne Art Mutter Theresa. Sonst würdet ihr ja nicht als Straßenmusiker auf der Kö rumstehen und Geld sammeln.«

»Wieso hast du uns denn einen Zwanziger gegeben? Bist du so reich?«

»Schön wär's . . .«

In der Bahn erzählt Shahid von seiner Familie, zu der noch zwei Brüder und drei Schwestern gehören. Sein Vater ist Küchengehilfe und seine Mutter Putzfrau. Sie leben in einer winzigen Zweizimmerwohnung in Eller. Shahid macht zwar richtig gute Witze darüber, wie eng es bei ihnen zugeht und dass seine Eltern jeden Pfennig zweimal umdrehen müssen, aber sein Grinsen dabei erscheint mir nicht ganz echt.

Shahids schwarze Augen sind übrigens genauso schön wie die von Raoul. Aber ansonsten kann man die beiden nicht miteinander vergleichen. Shahid ist fast einen Kopf größer als ich, total schlank und hat riesige Segelohren und einen wahnsinnig breiten Mund und ein spitzes Kinn. Sein langer dünner Hals erinnert mich an den von meiner Mutter – abgesehen von der auffälligen Gurgel, die ständig in Bewegung ist.

»Warum glotzt du mich so komisch an?«, unterbricht Shahid plötzlich die Gags über seine Familie. »Du denkst bestimmt, dass sich so ein Schwächling wie ich schnellstens ein paar Hanteln zulegen sollte.«

»Blödsinn!«

Er setzt eine coole Miene auf und zeigt auf seinen linken Bizeps. »Glaub mir, Baby: Ich hab zwar nix in den Armen, aber dafür hab ich auch nix im Kopf.«

»Du solltest Komiker werden«, erwidere ich lachend.

»Ich *bin* Komiker. Bei uns in der Schule hatte ich schon mehrere Auftritte. Wenn alles klappt, kannst du mich demnächst sogar bei Viva sehen, und zwar bei Dennis D.«

»Echt? Das ist mein Lieblings-VJ!«

»Meiner auch. Ich hab ihm ein Video von mir geschickt, weil er doch jede Woche irgendein unbekanntes Talent in seiner Show vorstellt. Bin mal gespannt, ob Viva was von sich hören lässt. Vielleicht holt mich Dennis D. sogar mit seinem Straßenkreuzer zu Hause ab. So was macht er ja manchmal, dass er bei besonders treuen Fans mit einem Kamerateam aufkreuzt. Mann, wär das super, wenn er morgen früh vor unserer Tür stehen würde!«

»Ich drück dir die Daumen. So, ich muss jetzt raus. Knie dich beim Abschied bloß nicht wieder hin, kapiert?«

»Wieso nicht? Ich bete dich doch an, holde Maid!«
»Lügner!«
»Ciao! Ich komm morgen vorbei, okay? Und übermorgen, überübermorgen und die restlichen Tage bis zum Ende aller Zeiten. Aber falls dich schon heute Abend die Sehnsucht nach mir quält, dann ruf mich einfach an. Hier ist meine Nummer.«
Er holt eine Visitenkarte aus der Tasche und drückt sie mir in die Hand. Wir nicken uns zu, dann stehe ich auf und gehe.
Auf dem Weg zur Tür ruft Shahid hinter mir her: »Kennst du eigentlich das schönste pakistanische Sprichwort?«
Ich drehe mich um und schüttle den Kopf. Da grölt der Spinner durch die ganze Bahn: »Du bist so schön wie der Wald, mit dir möcht ich werden alt.«

5361

»Wetten, dass der sich nie mehr blicken lässt?«, meinte Aische vorgestern am Telefon, nachdem ich ihr von Shahid erzählt hatte. »Dieses ganze Gequassel war nur 'ne Show, mit der er dich veräppeln wollte.«

»Aus welchem Grund sollte er so was tun?«

Aische lachte. »Seit wann brauchen Jungs einen Grund, um Mädchen zu veräppeln?« Dann wurde sie plötzlich ganz ernst und fragte: »Sag mal ehrlich, Michelle: Hast du dich etwa in diesen Komiker verknallt?«

»Nein!«

Und das stimmt auch. Okay, ich bin reichlich enttäuscht, dass er nicht mehr aufgetaucht ist, obwohl er vorgestern großartig versprochen hat mich ab sofort jeden Tag zu besuchen. Und ich denke auch ab und zu an ihn, aber nicht so wie an Raoul, von dem ich immer noch ganz besessen bin.

Heute Morgen in der Bahn stand er wieder neben mir. Prompt spielte mein ganzer Körper verrückt: feuchte Hände, trockene Kehle, Herzklopfen, Magenschmerzen. Dabei guckte mich Raoul kein einziges Mal an. Seit meinem Fußtritt bin ich natürlich nur noch Luft für ihn.

Trotzdem zerbreche ich mir ständig den Kopf über Raoul. Auch jetzt, während ich allein über die Kö spaziere. Ich bin sogar entschlossen ihm in ein paar Stunden vor der Volkshochschule hinterm Bahnhof aufzulauern und mich für diesen blöden Tritt zu entschuldigen. Über Valeskas Freundin Jasmin hab ich erfahren, dass Raoul jeden Donnerstagnachmittag bis um halb sechs einen Chinesischkurs besucht.

Zu blöd, dass ich immer noch nicht beim Friseur war! Meine Eltern können erst Anfang November das Geld dafür lockermachen, weil sie angeblich gerade knapp bei Kasse sind. Und wieso haben sie sich dann letzten Samstag auf dem Trödelmarkt dieses bescheuerte Blechauto zugelegt?

Eigentlich bin ich nur deshalb schon so früh in die Stadt gefahren, um Geld für das Kleeblatt zu sammeln. Esthers Vorschlag von letzter Woche finde ich nämlich gar nicht so blöd: einfach irgendwelche reichen Leute auf der Kö anquatschen und sie darum bitten, Geld für eine gute Sache zu spenden. Bloß fehlt mir leider der Mumm dazu. Seit einer halben Stunde halte ich nun schon Ausschau nach einem freundlichen Gesicht – vergeblich. Alle, die einigermaßen wohlhabend aussehen, gucken total grimmig in die Gegend und versuchen sich damit die zahlreichen Bettler vom Leib zu halten. Aber wen soll man denn sonst um Kohle anhauen, wenn nicht die, die zu viel davon haben?

Es fängt an zu gießen. Na super! Jetzt kann ich die Bettelei endgültig vergessen. Denn bei Regen benutzen die Leute ihren Schirm wie eine Art Schutzschild gegen den Rest der Welt. Ich entschließe mich zu einem Abstecher in die Altstadt.

Auf dem Weg dorthin komme ich an einem Friseursalon vorbei. Im Schaufenster hängt ein Plakat mit der Aufschrift *Modell gesucht*.

Ich presse mein Gesicht gegen die Scheibe und linse hinein.

Meine Güte, sieht der protzig aus, der Laden! Ob ich mich da wirklich reintrauen soll?
Plötzlich lächelt mich ein Mächen mit kurzen grünen Haaren an. Sie schnipst mit einer Schere in der Luft herum und zeigt dann auf mich. Ich nicke. Und schon kommt sie zur Tür und reißt sie auf.
»Hi, ich bin Gudrun! Komm rein, dann verpasse ich dir 'ne neue Frisur.«
»Ich hab aber kein Geld.«
»Und ich keine Ahnung vom Haareschneiden. Darum brauche ich ein Modell.« Sie lacht. Weil ich noch etwas zögere, fügt sie hinzu: »Keine Angst, ein bisschen Ahnung hab ich schon. Ich bin im zweiten Lehrjahr. Also, was ist?«
Ich folge ihr in den Salon, wo sie mir den Anorak abnimmt und mich anschließend zu einem der fünf Waschbecken führt.
»Können Sie mir denn die Haare genauso schneiden wie Ihre?«
»Du kannst mich ruhig duzen«, erwidert sie, während sie mir ein Handtuch umlegt. »Sehe ich denn schon so alt aus? Ich bin vorgestern achtzehn geworden.«
»Herzlichen Glückwunsch nachträglich.«
»Danke. Wie heißt du?«
»Michelle.«
»Okay, Michelle, dann lehn dich mal zurück und entspann dich.« Sie beugt sich zu mir herunter und flüstert: »Und wenn das Wasser zu heiß oder zu kalt ist, dann schrei bloß nicht rum, sonst werd ich sofort gefeuert. Das sind nämlich alles Vollidioten hier.«
»Aha.«
Diese Gudrun ist ein richtiges Plappermaul. Sogar beim

Haarewaschen redet sie weiter, obwohl ich kaum ein Wort verstehe. Später beim Schneiden ist sie nur dann still, wenn sie mit der Schere in die Nähe meiner Augen oder Ohren kommt.

Ich erfahre, dass sie schon zwei Ausbildungen abgebrochen hat, aber diese hier unbedingt zu Ende machen will. Danach möchte sie nach Spanien ziehen und dort einen eigenen Salon aufmachen. Aber falls sie noch zehn Zentimeter wachsen sollte, düst sie ab nach New York, um als Model ganz groß rauszukommen. Sie sieht auch phantastisch aus: große graue Augen, volle Lippen, winzige Ohren und eine richtig edle Nase.

»An deiner Stelle hätte ich mir niemals die Haare so lang wachsen lassen«, meint sie. »Wenn man nicht besonders schlank ist, stehen einem Kurzfrisuren viel besser.«

»Nicht besonders schlank ist gut!«, brumme ich. »Weißt du, wie viel ich wiege?«

»Nö.«

»Ich auch nicht. Ich trau mich nicht auf die Waage.«

»Du spinnst!«, sagt Gudrun und pustet mir ein paar Härchen aus den Augen. »Ich war auch mal fett, aber mit der Zeit ist fast alles wieder verschwunden.«

»So fett wie ich?«

»Na ja, nicht ganz. Gehörst du etwa zu diesen dicken Trauerklößen, die den ganzen Tag über ihre Figur jammern?«

»Früher schon, so mit elf und zwölf. Aber dann wurde mir das zu öde, weil sich ja doch nichts an meiner Figur änderte. Jetzt jammere ich nur noch ein- oder zweimal in der Woche.«

»Hm, das ist immer noch zu viel. Hast du einen Freund?«

»Ja«, antworte ich aus irgendeinem Grund.
Sofort hört Gudrun auf zu schneiden, guckt mich eindringlich im Spiegel an und legt dabei ihre Stirn in Falten. »Das war gelogen, stimmt's?«
»Stimmt«, gestehe ich und laufe dabei rot an.
»Macht nichts, ich sag auch nicht immer die Wahrheit.« Sie schnippelt weiter. »Mir kann niemand was vorschwindeln«, behauptet sie. »Für Lügen hab ich anscheinend einen siebten Sinn. Ich bin übrigens auch gerade solo. Mein Ex hat mit Koks angefangen und mit so einem Scheiß will ich nichts zu tun haben. Ich saufe lieber. Achtung, da kommt mein Chef!«
Ein kleiner dicker Typ mit Halbglatze und kurzen grauen Stoppeln baut sich mit verschränkten Armen hinter Gudrun auf und guckt ihr beim Schneiden zu. Zum Glück wird er kurz darauf zum Telefon gerufen.
»Ein echter Kotzbrocken«, flüstert mir Gudrun ins Ohr. »Fast so schlimm wie der neue Freund meiner Mutter«, fährt sie in normaler Lautstärke fort. »Wie sind denn deine Eltern so drauf?«
»Nervig.«
»Sei froh.«
»Wieso?«
»Weil's Schlimmeres gibt.« Sie macht eine Pause und begutachtet ihre bisherige Arbeit. »Und, wie gefällst du dir?«
»Super! Aber ich hätte sie gerne genauso kurz wie du.«
»Und auch genauso grün?«
»Lieber nicht, sonst fällt meine Mutter tot um.«
Eine Viertelstunde später ist Gudrun fertig. Sie hält einen Spiegel an meinen Hinterkopf, damit ich meine neue Frisur

von allen Seiten bewundern kann. Der ausrasierte Nacken gefällt mir am besten.

»Echt toll!«, juble ich und rutsche aus dem Sessel. »Das hast du einfach super hingekriegt. Danke!«

Vor lauter Freude drücke ich Gudrun einen Kuss auf die Backe. Sie lacht. »Das war besser als Trinkgeld. Du bist wahnsinnig nett, Michelle.«

»Du auch.«

Sie holt meinen Anorak. Während ich hineinschlüpfe, geht sie zur Kasse und schreibt etwas auf einen Zettel.

»Hier, meine Adresse. Ich wohne in Oberbilk. Komm doch mal vorbei, wenn du Lust hast.«

»Mach ich«, antworte ich und falte den Zettel zusammen. »Ich lass mich auf jeden Fall blicken.«

Gudrun schaut mir ganz fest in die Augen und stellt dann erfreut fest: »Hey, du hast nicht gelogen! Du kommst also wirklich!«

■

Ob Raoul mich überhaupt wieder erkennt?

Ich stehe zwanzig Meter vor dem Eingang der Volkshochschule und warte auf ihn. Immer wieder sage ich mir in Gedanken den Text auf, den ich mir auf dem Weg hierher zurechtgelegt habe.

Tut mir Leid, dass ich auf deinen verstauchten Fuß gelatscht bin. Dabei wollte ich doch nur, dass du in meine Richtung guckst und mich anlächelst . . .

Hm, ganz schön offenherzig. Warum sag ich nicht gleich: *Ich liebe dich – küss mich – lass mich deine Freundin sein*? Aber wenn mich Raoul gleich hier stehen sieht, weiß er sowieso,

dass ich mich in ihn verknallt habe. Da kann ich ja auch gleich alles sagen – falls ich überhaupt ein Wort rauskriege.
Alle paar Sekunden fahre ich mir nervös durch meine kurzen Haare. Seit ich vor einer Stunde aus dem Salon gekommen bin, habe ich so oft in den Schaufenstern mein Spiegelbild angestrahlt, dass mir die Wangenmuskeln weh tun. Ja, ich gefalle mir richtig gut! Mal sehen, was Valeska und Aische morgen zu meiner neuen Frisur –
O Gott, da taucht Raoul ja schon auf! Wie fing noch mal der Text an? In meinem Kopf wirbelt alles durcheinander. Raoul kommt immer näher. Nur noch wenige Meter, dann ist er an mir vorbei. Was soll ich bloß tun?
Kurz entschlossen stelle ich mich ihm einfach in den Weg. Raoul guckt mich, halb genervt und halb neugierig, an.
»Wie spät ist es?«, frage ich mit zitternder Stimme.
»Keine Ahnung.«
»Wie spät ist es?«, wiederhole ich, weil mir nichts anderes einfällt.
»Ich hab keine Uhr.«
Und damit lässt er mich stehen und geht weiter. Er hat mich tatsächlich nicht wieder erkannt! Todtraurig schaue ich ihm hinterher. Auf einmal dreht er sich um.
»Ich bin's, die Treterin!«, rufe ich und zeige idiotischerweise erst auf meinen rechten Fuß und dann auf meine Haare.
Raoul verzieht keine Miene und dreht sich wieder um.
»Du heißt Raoul!«, schreie ich fast, worauf er sich noch einmal kurz umdreht. Dann verschwindet er im Bahnhof.
Ich dumme Nuss! Wie konnte ich nur so einen Schwachsinn von mir geben? *Wie spät ist es ... Wie spät ist es ... Ich*

bin's, die Treterin ... Du heißt Raoul – absolut dämlich, was ich da gelabert habe!
Mit den langen Haaren habe ich anscheinend auch den Verstand verloren ...

5362

Aische und Valeska sind begeistert von meiner neuen Frisur. Auf der Fahrt in die Schule berühren sie immer wieder die Stoppeln in meinem Nacken.

»Richtig süß siehst du aus«, meint Val. »Mal sehen, ob dich der schöne Raoul gleich erkennt.«

Ich winke ab. »Den schönen Raoul kann ich abhaken.«

»Wieso?«

Ich erzähle ihnen von meinem peinlichen Auftritt gestern Nachmittag vor der Volkshochschule.

»Immerhin hast du dich getraut ihn anzuquatschen«, sagt Aische. »Jetzt weiß er, dass du dich für ihn interessierst.«

»Jetzt weiß er aber auch, dass ich nicht ganz dicht bin.«

»Na ja, okay, vielleicht bist du nach dem Fußtritt und deinen seltsamen Sprüchen tatsächlich bei ihm unten durch«, sagt Val. »Aber du hast ja noch diesen Schafhirten.«

»Erstens heißt er Shahid. Zweitens kreuzt er nicht mehr bei mir auf. Drittens will ich überhaupt nichts von ihm. Und viertens kann ich jetzt nicht mehr sprechen, weil wir gleich an der Uhlandstraße halten. Wenn Raoul einsteigt, fall ich garantiert tot um.«

Er steigt aber nicht ein und darüber bin ich genauso erleichtert wie enttäuscht.

Zehn Minuten später müssen wir raus. Auf dem Bürgersteig werden wir von Daniel und Björn überholt, den

Möchtegernkomikern aus unserer Klasse, die beide zusammen nicht mal halb so witzig sind wie Shahid.
Daniel zeigt auf meine Rübe und sagt: »Guck mal Björn, unsere Tonne hat einen neuen Deckel.«
Soll ich darauf wieder so etwas Gefühlvolles erwidern wie das Mädchen in dem Buch? Nee, irgendwie passt das einfach nicht zu mir. Statt einen megasensiblen Satz abzusondern, lasse ich meine Schultasche fallen, packe Daniel mit beiden Händen am Kragen und rüttle ihn kräftig hin und her.
Er grinst nur bescheuert und fragt: »Und jetzt?«
»Jetzt poliere ich dir die Fresse!«
Blitzschnell presse ich meine Lippen auf seinen Mund. Daniel reißt sich los und wird leichenblass. Er will was sagen, aber offenbar hat's ihm die Sprache verschlagen. Und seinem Kumpel Björn ebenfalls. Während sich die beiden verkrümeln, kriegen sich Valeska und Aische nicht mehr ein vor Lachen. Und ich? Ich bin am meisten überrascht. Keine Ahnung, was da plötzlich in mich gefahren ist. Vorsichtshalber reibe ich kräftig mit der Hand meine Lippen sauber. Hoffentlich hab ich mich bei Daniel nicht angesteckt – wo er doch an einer furchtbaren Seuche namens Blödheit leidet.
»Dem hast du's aber gegeben!«, freut sich Val. »So schnell wird der garantiert keine Witze mehr über dich machen.«
In diesem Augenblick taucht Stefanie auf, das zweitdickste Mädel in unserer Klasse.
»Wo hast du denn das Küssen gelernt, Michelle?«, fragt sie mit spöttischer Miene. »In der Bravo? Oder war das etwa nicht dein erster Kuss?«
»Morgen bring ich meinen Freund mit auf deine Fete«,

verkünde ich lässig, worauf mich Stefanie genauso verblüfft anstarrt wie Aische und Valeska.
Mit cooler Miene angle ich mir meine Schultasche und gehe weiter.
»Was für 'n Freund?«, erkundigt sich Val, nachdem sie und Aische mich eingeholt haben. »Wieso hast du uns denn nichts von ihm erzählt?«
»Hab ich doch.«
»Wie heißt er denn?«
»El Grapscho.«

■

»Hallo, Jens-Peter! Hier ist Michelle.«
Er gähnt.
»Hab ich dich geweckt? Es ist doch schon halb vier?«
»Na und? Ich muss jede Nacht um drei in der Bäckerei sein, darum leg ich mich nachmittags noch mal hin.«
Er gähnt schon wieder. Wie dämlich von mir Jens-Peter anzurufen! Ich brauche nur seine Stimme zu hören und sofort spüre ich wieder seine Dreckspfoten auf meiner Brust. Musste ich denn Stefanie unbedingt so großkotzig ankündigen, ich würde zusammen mit meinem Freund auf ihre Geburtstagsparty kommen?
»Was gibt's denn?«, fragt Jens-Peter.
»Wir wollten am Samstag auf eine Fete, weißt du noch?«
Schweigen.
»Äh . . . ja, ich weiß, aber . . . äh . . . ich dachte –«
»Was?«
Na was wohl? Er dachte, dass ich nach seiner dreisten Grapschaktion nichts mehr mit ihm zu tun haben will. Will

ich auch nicht! Aber ich brauche unbedingt irgendeinen Blödmann, den ich auf die Fete mitschleppen kann. Vielleicht tut mir ja Jens-Peter den Gefallen sich vorher die Finger abzuhacken. Jedenfalls würde ich ihm nicht raten mich noch mal zu betatschen. Statt an meinem Busen soll er lieber an seinen Pickeln rumfummeln!

»Was dachtest du?«, hake ich nach. Ich bin neugierig, was er über sein unmögliches Benehmen im Kino zu sagen hat. Doch der Trottel hat wohl Schiss. Nach einem erneuten Gähnen fragt er: »Wann und wo treffen wir uns denn am Samstag?«

»Idiot!«, fauche ich und knalle den Hörer auf.

Und jetzt?

Ich hole Shahids Visitenkarte aus der Tasche. Was würde passieren, wenn ich seine Nummer wählen würde? Wahrscheinlich bekäme ich ein paar Witze zu hören und danach die Frage, ob ich seine Show am Dienstag tatsächlich ernst genommen hätte. Nein danke, darauf kann ich wirklich verzichten!

Wütend zerknülle ich die Visitenkarte und will in mein Zimmer abdampfen, als das Telefon klingelt.

»Dieringhaus«, melde ich mich nicht besonders freundlich.

»Ich bin's, Jens-Peter.«

»Hä?«

»Was ist denn jetzt mit der Fete?«

»Vergiss es!«

»Hör zu, Michelle, ich . . . äh . . . ich hab da letztens im Kino – « Er stockt.

»Ja?«

»Das war echt blöd von mir«, gibt er kleinlaut zu. »Ich weiß auch nicht, wieso ich dich ... ich meine, irgendwie dachte ich, du hättest nichts dagegen, dass ich –«

Er stockt wieder und holt tief Luft. Dann stottert er weiter rum, ohne irgendwas Richtiges dabei zu sagen. Komisch, auf einmal tut er mir Leid.

»Schon gut«, beruhige ich ihn. »Schließlich hast du mir ja nicht die Brust amputiert. Aber ekelhaft fand ich's trotzdem.«

Nach einer längeren Pause fragt er: »Was ist nun mit der Fete?«

Wir verabreden uns für morgen.

»Ich bin pünktlich«, verspricht Jens-Peter anschließend. »Tschüss!«

»Ciao! Und denk dran: Ich zieh nur noch BHs an, die elektrisch geladen sind.«

5363

Tante Margret hört auf zu kauen und macht ein überraschtes Gesicht, als ich in die Küche komme.

»Na hört mal, Leute!«, sagt sie kopfschüttelnd zu meinen Eltern. »Deswegen habt ihr euch so aufgeregt? Ich dachte schon, Michelle hätte eine Glatze. Also mir gefällt die neue Frisur ausgezeichnet.«

»Hm«, brummt Mutter nur, während Tante Margret ihr Brötchen auf den Teller legt und mir dann zur Begrüßung einen dicken Schmatzer auf die Backe verpasst.

»Guck dir mal ihren Nacken an«, sagt Vater, der gerade ein Toastbrot mit drei Scheiben Fleischwurst belädt. »Ihr Hinterkopf sieht aus wie eine Billardkugel.«

»Ich *bin* eine Billardkugel, Vati!«

Tante Margret lächelt. Gut gelaunt lasse ich mich auf meinen Stuhl fallen, gieße mir eine Tasse Früchtetee ein und greife nach einem Croissant. Ich freu mich immer, wenn meine Tante samstags zum Frühstück aufkreuzt. Erstens ist dann die Stimmung besser und zweitens nerven mich meine Eltern nicht pausenlos mit Fragen; Margret macht sich nämlich gerne über ihre unersättliche Neugier lustig. Gemein, wie ungerecht das Übergewicht in unserer Familie verteilt ist! Tante Margret ist die Schwester meines Vaters und trotzdem fast genauso schlank wie meine Mutter. Angeblich sehe ich Margret ähnlich, aber leider nur im Gesicht. Wie gern hätte ich auch so lange schlanke Beine

und einen Busen, den man nicht mit einem Kuheuter verwechseln kann!
Was ich allerdings überhaupt nicht gerne hätte, ist Tante Margrets Pech mit Männern. Ehe man sich den Namen ihres aktuellen Freundes richtig merken kann, hat sie ihn schon wieder abserviert. Mein Vater meint, ihre spitze Zunge wäre schuld daran, dass es kein Mann längere Zeit mit ihr aushält.
»Na, gibt's was Neues, Michelle?«, erkundigt sich meine Tante. »Was macht die Schule? Was macht die Liebe? Was machen die Pfunde? Was macht Valeska? Was macht Aische?« Schmunzelnd wendet sie sich meinen Eltern zu. »Gibt's sonst noch etwas, was ihr gerne wissen wollt?«
»Sehr komisch, Margret«, sagt Mutter.
»War doch nur Spaß«, erklärt meine Tante und zwinkert mir dabei zu.
»Du hast eben keine Kinder«, sagt mein Vater. »Und darum hast du auch keine Ahnung, was für Sorgen man sich heutzutage machen muss.« Er zeigt aufs Fenster. »Was meinst du, was für Gefahren da draußen lauern? Zigaretten, Rauschgift, Pornos, Alkohol, Gewalt – «
»Hey, woher kennst du alle meine Hobbys?«, unterbreche ich Vater und beiße in mein Croissant.
Jetzt kann sich sogar Mutter nicht das Grinsen verkneifen. »Vielleicht hat Margret Recht. Manchmal sind wir wirklich ein bisschen zu neugierig.«
»Soll das etwa heißen, dass ihr mich ab sofort nicht mehr mit Fragen löchert und ganz normal mit mir redet?«
»Na ja, heute Nachmittag auf dem Trödelmarkt können wir's ja mal versuchen«, sagt Vater kauend.
»Heute Nachmittag hab ich leider schon was anderes vor.«

»Was denn?«, fragen meine Eltern im Chor und müssen dann lachen.
»Wollt ihr's ganz genau wissen? Ich geh auf die Fete von Stefanie, wo wir uns erst besaufen und dann kiloweise Ecstasy schlucken und uns zum Schluss gegenseitig mit Schokoriegeln abstechen. Was dagegen?«
»Statt den Riegeln würde ich lieber Salzstangen nehmen«, meint Tante Margret. »Aber der Rest ist okay. Gibst du mir bitte mal die Milch? Danke.«
Mein Vater lehnt sich zurück und schlägt die Zeitung auf. Margret erzählt Mutter von dem Gymnastikkurs, den sie vorgestern begonnen hat. Und ich hole mir eine Schüssel aus dem Schrank und schütte Müsli hinein.
»Schon wieder ein Einbruch hier in der Nähe«, murmelt mein Vater. »Hoffentlich bleiben wir davon verschont.«
»Vorhin beim Brötchenholen hab ich wieder diesen komischen Kerl beobachtet, der ständig vor unserer Haustür auf und ab geht«, berichtet Mutter. »Der ist mir schon gestern und am Montag oder Dienstag aufgefallen. Dir auch?«, fragt sie meinen Vater.
»Wie sieht er denn aus?«
»Dunkel. Ist wahrscheinlich ein Inder oder so was. Er hat Segelohren und einen ganz langen Hals.«
»Hä?« Mit einem Satz springe zum Fenster und gucke runter auf die Straße. Tatsächlich: Da unten latscht Shahid herum!
In null Komma nix flitze ich aus der Wohnung und die Treppe hinunter und reiße die Haustür auf.
»Wieso klingelst du denn nicht, du Spinner?«, rufe ich Shahid zu, der gerade ein Plakat auf einer Litfaßsäule liest. Erschrocken zuckt er zusammen und dreht sich um.

»Na endlich!«, stöhnt er. »Ich dachte schon, du lässt dich nie mehr blicken. Du hast mir deinen Nachnamen nicht gesagt, sonst hätte ich – O Gott, was hast du denn mit deinen Haaren gemacht?«
»Abschneiden lassen.«
»Hast du wenigstens ein Büschel für mich aufgehoben, damit ich es mir übers Bett hängen kann?«
Erst jetzt kommt er auf mich zu, schüttelt mir förmlich die Hand und verbeugt sich sogar dabei.
»Du wolltest mich doch schon am Mittwoch besuchen«, erinnere ich ihn. »Da hab ich den ganzen Nachmittag auf dich gewartet und aus dem Fenster geguckt.«
»Echt? Tut mir Leid, da kam mir was dazwischen. Und am Donnerstag auch. Aber gestern Nachmittag bin ich stundenlang hier rumgegurkt. Die Leute haben mich schon ganz komisch angeguckt. In welcher Etage wohnst du denn?«
»In der dritten. Das da ist unser Balkon.«
Ich zeige hinauf – und reiße die Augen auf. Meine Eltern und Tante Margret stehen auf dem Balkon und schauen zu uns runter.
»Darf ich vorstellen?«, schreie ich hinauf. »Das ist Shahid.«
Tante Margret winkt ihm zu, während meine Eltern keine Miene verziehen. Shahid fällt vor mir auf die Knie und brüllt zu unserem Balkon empor: »Ich bitte Sie um die Hand Ihrer Tochter! Und natürlich auch um den Rest ihres Körpers!«
Er spreizt die Finger und nähert sie langsam meinen Brüsten. Lachend schlage ich ihm auf die Pfoten.
Klar, ich muss sofort an Jens-Peter denken. Hoffentlich

fängt der nicht an zu flennen, wenn ich ihm gleich sage, dass ich mit jemand anderem auf Stefanies Fete gehe ...

■

Shahid und ich treffen uns um drei am Jan-Wellem-Platz.
»Wieso kommst du denn alleine?«, wundert er sich, als ich aus der Bahn steige. »Sind denn deine Freundinnen nicht eingeladen?«
»Doch, aber die kommen erst später. Aische muss bis um fünf auf ihre Geschwister aufpassen. Und Valeska hat heute Nachmittag ein Tischtennisturnier.«
»Ist Valeska die mit den blonden Haaren, die so grausam Gitarre spielt?«
»Erraten. Komm, hier lang! Wir müssen erst durch den Hofgarten und dann Richtung Nordstraße.«
»Ist das kalt!«, jammert Shahid, der eine rote Jeans, einen blaues Sweatshirt und eine viel zu dünne Leinenjacke trägt. Er schlägt den Kragen hoch und stopft die Hände in die Taschen.
Wir gehen die Treppen hinunter zur Unterführung, in der ein junger Geiger aus St. Petersburg gerade ein Konzert gibt. In seinem Geigenkasten liegen ein Haufen Silbermünzen und drei Scheine.
»Vielleicht solltet ihr Valeska aus eurer Band schmeißen und lieber diesen Fiedler hier anheuern«, meint Shahid im Vorbeigehen.
»Wir haben keine Band«, antworte ich. »Wir machen nur Musik, um an Geld zu kommen.«
Ich erzähle ihm vom Kleeblatt: warum wir unbedingt jemanden mit einer größeren Spende unterstützen wollen

und was wir alles tun, um die Summe zusammenzukriegen.
Shahid hört aufmerksam zu und macht zur Abwechslung mal keinen seiner üblichen Witze. Als ich ihm aufzähle, worauf ich verzichte, damit möglichst viel von meinem Taschengeld für die Kleeblatt-Aktion übrig bleibt, ist er total baff.
»Mein Gott, du bist ja 'ne richtige Heilige!«, ruft er aus.
»Hast du 'ne Ahnung! Weißt du, was ich manchmal denke, wenn ich im Fernsehen all die armen Schweine in ihren Slums hausen sehe? Oder die Horden von Straßenkindern in Südamerika, die wie der letzte Dreck behandelt werden?«
»Was denn?«
Soll ich's ihm wirklich sagen?
»Was denkst du denn da?«, bohrt er weiter.
»Ich denke, dass . . . dass ich . . . na ja, ich freue mich irgendwie, dass es Leute gibt, die noch viel größere Probleme haben als ich. Ja, ehrlich: Manchmal bin ich echt happy darüber, dass so viele Menschen noch tausendmal schlimmer dran sind als ich. Ist das nicht ekelhaft von mir?«
O nein, warum hab ich ihm das bloß verraten? Ob er es mir vielleicht genauso wenig glaubt wie Aische, der ich es auch schon mal gestanden habe? Die hielt das nur für einen schlechten Witz.
»Hm«, macht er mehrmals und kratzt sich dabei am Kinn. Dann guckt er mich an. »Wieso bist du denn so schlimm dran?«, fragt er schließlich.
»Du solltest dir 'ne Brille zulegen! Ist dir etwa noch nicht aufgefallen, dass ich doppelt so viel wiege wie du?«
»Na, sei doch froh!«, meint er nur. »Dann brauchst du beim Autofahren keinen Airbag.«

»Wieso nicht?«
»Du *bist* ein Airbag! Und außerdem frierst du bestimmt nicht so schnell wie ich. Mann, ist mir kalt! Sind wir bald da?«
»Willst du nicht mehr darüber reden?«
»Worüber?«
»Dass ich manchmal so ekelhafte Sachen denke.«
»Wieso? Du hast doch schon alles dazu gesagt. Außerdem kannst du ruhig denken, was du willst. Damit tust du ja keinem weh.«
»Außer mir selbst . . .«
Shahid fängt an zu lachen. »Was sind denn das für idiotische Gespräche? Erzähl mir lieber was über diese Stefanie, bei der wir gleich antanzen. Zum Beispiel, ob sie vielleicht ein Schild an der Tür hat mit 'nem Paki drauf und der Aufschrift *Wir müssen leider draußen bleiben!*«

■

Stefanie mustert Shahid tatsächlich leicht irritiert, als wir zehn Minuten später vor ihrer Wohnungstür stehen. Nachdem ich ihr zum 15. Geburtstag gratuliert habe, mache ich sie und Shahid miteinander bekannt. Der Spinner küsst ihr erst die Hand und sagt dann ein endloses Geburtstagsgedicht auf.
Beim Zuhören nestelt Stefanie verlegen an ihrer Bluse herum.
»Danke, sehr nett«, murmelt sie nach der letzten Strophe. »Und jetzt kommt endlich rein!«
Auf dem Weg in ihr Zimmer flüstert sie mir ins Ohr: »Wo hast du den denn aufgegabelt?«

»Im Asylantenschlussverkauf«, antwortet Shahid an meiner Stelle.
Lachend drücke ich der verdutzten Stefanie mein Geschenk in die Hand: eine Greatest-Hits-CD von den Jackson Five.
Die anderen Gäste begrüßen uns mit großem Hallo. Fast alle sind in unserer Klasse. Ich stelle ihnen Shahid vor, der sich vor jedem kurz verbeugt. Anschließend lassen wir uns neben Ben und Ann-Katrin nieder und werden von Stefanie mit Tee und Kuchen versorgt.
In der ersten Viertelstunde hält Shahid sich noch etwas zurück. Er trinkt und futtert und redet nur, wenn ihn jemand was fragt. Auf alles, was er sagt, reagieren die anderen mit dröhnendem Gelächter. Das scheint Shahid anzustacheln. Seine Witze werden nicht nur zahlreicher, sondern auch immer besser und schließlich brennt er ein ganzes Feuerwerk von richtig tollen Gags ab. Stefanie und ihre Gäste kommen aus dem Lachen nicht mehr heraus. Der Einzige, der Shahid kein bisschen lustig findet, ist Stefanies älterer Bruder Johannes. Er hockt im Schneidersitz vor der Heizung und mustert den Komiker mit eisiger Miene. Ich kann richtig spüren, wie sehr sich Shahid bemüht diese trübe Tasse ebenfalls zum Lachen zu bringen. Aber Johannes bleibt stur.
»Okay, Leute, jetzt muss ich meine Comedy-Show mal kurz unterbrechen«, verkündet Shahid nach einer Weile und steht auf. »Wo ist denn hier für kleine Jungs?«
»Zweite Tür links«, antwortet Ann-Katrin.
Kaum ist Shahid verschwunden, kommt Stefanie zu mir und kniet sich neben mich. »Ist der witzig!«, schwärmt sie. »Seit wann seid ihr eigentlich zusammen?«

»Seit Dienstag«, antworte ich nicht ganz wahrheitsgemäß. Prompt muss ich an Gudrun denken, die Friseurin, die angeblich jeder Lüge auf die Spur kommt. Dabei fällt mir ein, dass ich sie demnächst tatsächlich mal besuchen könnte.

Stefanie stellt mir ein paar Fragen über Shahid, die ich leider nur mit Schulterzucken beantworten kann. Ich gebe ihr den Rat ihn selbst auszuquetschen, was sie dann auch ausgiebig tut, nachdem er vom Klo zurückgekehrt ist. Ich unterhalte mich derweil mit Ann-Katrin, wobei ich mich ganz schön anstrengen muss ja keinen Blick auf ihr Plastikbein zu werfen.

Gegen halb sechs tauchen endlich Valeska und Aische auf. Beide erkennen Shahid sofort wieder.

»Fand ich echt nett, dass du den Zwanziger gespendet hast«, sagt Aische. »War unser Gesang wirklich so grausam?«

»Na ja, solltet ihr jemals eine CD rausbringen, würde ich sie nur in unserem Toaster laufen lassen.«

Nach und nach kommt Shahids Gagmaschine wieder auf Touren. Vor Lachen verschluckt sich Aische immer wieder an ihrer Cola. Valeska dagegen grinst zwar hin und wieder, aber mir kommt es vor, als würde sie gar nicht zuhören. Während sie an einem Stück Pizza knabbert, starrt sie fast ununterbrochen auf ein Poster an der Wand, auf dem das Schloss Neuschwanstein zu sehen ist.

Genau eine Woche ist es jetzt her, seit Valeska bei mir reingeschneit ist, zu heulen angefangen hat und dann ohne ein Wort wieder abgehauen ist. Aische und ich wissen immer noch nicht, was am letzten Wochenende mit ihr los war. Seitdem ist sie aber wieder so gut drauf wie immer –

abgesehen davon, dass sie so wie jetzt manchmal total verträumt vor sich hin stiert. Dafür gibt's eigentlich nur eine Erklärung: Sie muss wahnsinnig verknallt sein. Fragt sich nur, in wen. Wieso verrät sie uns das nicht?

»Ich kann nicht mehr«, ächzt Aische und hält sich kichernd den Bauch. »Hör jetzt auf mit den Witzen, sonst lach ich mich noch tot.«

»Okay, ich hab sowieso keine Lust mehr«, sagt Shahid. »Manche Leute finden mich nämlich überhaupt nicht komisch«, fügt er mit einem Seitenblick auf Val hinzu.

Die zeigt keinerlei Reaktion.

Im Lauf des Abends versucht Shahid immer wieder Valeska zum Lachen zu bringen, was sie schließlich so nervt, dass sie sich in die andere Ecke des Zimmers verdrückt. Er guckt ihr betrübt hinterher.

»Schade«, seufzt er. »Sieht ganz so aus, als könnte mich deine Freundin nicht ausstehen.«

»Quatsch!«, widerspreche ich. »Sie ist nur in letzter Zeit irgendwie – hey, was soll das?«

Aische hat mich so fest am Ärmel gezupft, dass mir fast der Kuchen aus der Hand gefallen wäre.

»Guck mal, wer da gerade reinkommt!«, flüstert sie aufgeregt.

Ich sehe zur Tür – und prompt bleibt mir die Luft weg. Raoul! Was will der denn hier?

»Das ist Raoul, der mit meinem Bruder Johannes einen Chinesischkurs in der VHS besucht«, stellt Stefanie ihn uns vor und nennt ihm dann alle unsere Namen. Er guckt uns der Reihe nach an. Bei meinem Anblick stutzt er und meint dann grinsend: »Hallo, Miss Trampel!«

»Du kennst Michelle?«, fragt ihn Stefanie erstaunt.

»Nicht nur ich, sondern auch mein Fuß.«
Obwohl ich mich ärgere, dass er mich als Trampel begrüßt hat, freue ich mich, dass er dabei gelächelt hat.
Plötzlich stößt Shahid einen lauten Schrei aus und fasst sich an die Augen.
»Was ist los?«, ruft Stefanie besorgt. »Tut dir was weh?«
»Ja, dieser Typ!« Shahid zeigt auf Raoul. »Seine Schönheit hat mich total geblendet.«
Alle lachen, sogar Raoul. Stefanie erzählt ihm, dass Shahid uns mit seinen Gags beinahe umgebracht hätte. Raoul nickt gnädig und verkrümelt sich dann zu Johannes, der immer noch im Schneidersitz vor der Heizung hockt.
Dass ich ab sofort nur noch Augen für Raoul habe, finde ich Shahid gegenüber echt gemein. Aber was soll ich machen? Seit Raoul ins Zimmer gekommen ist, interessiert mich nichts mehr von dem, was rings um mich passiert. Ich höre auf zu trinken und zu futtern und zu reden und glotze nur noch Raoul an, der allerdings nichts davon mitzukriegen scheint. Jedenfalls dreht er kein einziges Mal seinen Kopf in meine Richtung.
Zum Glück wird Shahid von Stefanie und zwei Mädchen aus ihrem Schwimmverein belagert, die einfach nicht genug kriegen können von seinen Witzen. Und Aische hat sich zu Valeska verzogen. Ich kann also ungestört den schönen Raoul anstaunen.
Blöderweise dauert es nicht lang, bis sich Stefanies Cousine Birgit zwischen Raoul und Johannes niederlässt. Sie trägt einen giftgrünen Minirock, der ungefähr so lang ist wie mein Unterhemd. Peinlich, wie sie Raoul anhimmelt und dabei ihre blauen Augen so weit aufreißt, als ob sie ihn damit fressen wollte! Ununterbrochen quatscht sie auf ihn

ein und wirft alle paar Sekunden ihre lange schwarze Mähne nach hinten. So eine blöde Kuh!
Raoul findet sie anscheinend kein bisschen ätzend, im Gegenteil. Zuerst blieb er ziemlich cool, aber jetzt lächelt er Birgit an und hört gar nicht mehr damit auf. Und nun steht auch noch Stefanies Bruder auf und lässt die beiden allein. Na super!
Obwohl ich genau weiß, wie idiotisch es ist, schießen mir die Tränen in die Augen. Und genau in dem Moment, als die erste Träne über meine linke Backe kullert, guckt Raoul zu mir rüber. Ich wische mir schnell übers Gesicht. Da grinst mich der Schönling mitleidig an und wendet sich dann wieder der langhaarigen Schwatzbacke zu.
Vor Wut schlage ich mir mit den Fäusten auf die Knie. Jetzt denkt dieser eingebildete Lackaffe, dass ich wegen ihm geflennt habe! Okay, das stimmt ja auch – und genau deshalb bin ich so sauer! Ich sende einen Hilfe suchenden Blick zu Aische und Valeska, aber die sind gerade in ein Gespräch vertieft.
Shahid unterbricht sein Unterhaltungsprogramm für Stefanie und ihre Freundinnen und fragt: »Ist was nicht in Ordnung?«
»Wieso?«
»Du siehst aus, als ob du –« Er zuckt mit den Schultern. »Hat dich jemand geärgert?«
Ich schüttle den Kopf und schaue dabei unauffällig in Raouls Richtung. Und der glotzt schon wieder mit diesem blöden Grinsen zu mir rüber. Darauf muss ich unbedingt reagieren, aber wie? Plötzlich fällt mir der Kuss ein, den ich Daniel gestern verpasst habe. Warum soll ich diese Aktion nicht noch mal wiederholen?

Ich schlinge meine Arme um Shahid und drücke meinen Mund auf seinen. Er wehrt sich, aber ich halte ihn fest. Mit zusammengepressten Lippen versucht er meine Zunge zurückzuhalten, die sich jedoch nicht abwimmeln lässt. Sie flutscht an Shahids Lippen vorbei zu seiner Zunge, die nach Erdnussflips schmeckt.

Von den tausend Gedanken, die mir gleichzeitig durch den Kopf schießen, wird mir ganz schwindlig. *Nur nicht denken!*, sage ich mir, während sich unsere Zungen in zwei Schlangen verwandeln, die Fangen spielen. *Nicht denken! Nicht denken!*

Eine Ewigkeit vergeht, ehe wir uns schließlich loslassen. Vor lauter Verlegenheit setze ich mein leeres Glas an den Mund.

Shahid dagegen berührt mit der Zunge seine Nasenspitze, schielt nach unten und ruft dann freudig: »Sie ist noch dran – Wahnsinn!«

5364

Erstaunlich: Weder beim Frühstück noch beim Mittagessen stellen meine Eltern auch nur eine einzige Frage nach der Fete. Na bitte, sie sind ja doch lernfähig!
Zur Belohnung berichte ich ihnen beim Nachtisch freiwillig, was gestern bei Stefanie so alles los war. Einiges lasse ich natürlich aus, zum Beispiel die Zahl der Kuchenstücke, die ich verputzt habe. Und auch den Kuss erwähne ich mit keinem Wort.
Dafür erzähle ich ihnen was über Shahid. Dass er gestern Vormittag unten auf der Straße auf die Knie gegangen ist, um sie um die Hand ihrer Tochter anzuflehen, hat meine Eltern ganz schön ins Grübeln gebracht.
»Was ist denn das für ein Irrer?«, knurrte meine Mutter, als ich nach Shahids Heiratsantrag zurück in die Wohnung kam.
»Tja, die Liebe zu mir hat ihn halt um den Verstand gebracht«, gab ich locker zur Antwort und verschanzte mich dann hinter meiner Müslischüssel. Zum Glück sorgte Tante Margret dafür, dass mir meine Eltern mit ihrer Fragerei nicht das Frühstück verdarben.
Heute hingegen dürfen sie alles über Shahid erfahren.
»Du bist also jetzt seine Freundin?«, will Mutter wissen.
»Sozusagen.« Ich schiebe mir einen Löffel Vanillepudding in den Mund und denke an Aische. Die hat mich gestern am Jan-Wellem-Platz genau das Gleiche gefragt, nachdem

wir uns von Shahid verabschiedet hatten und in unsere Bahn gestiegen waren. Und als ich daraufhin Nein sagte, fiel Aische aus allen Wolken.

»Spinnst du? Wieso hast du ihn denn dann geküsst?«

»Wegen Raoul«, gestand ich, worauf Aische einen regelrechten Anfall bekam.

»Wie kannst du Shahid so verarschen? Das ist doch ein echt netter Typ! Und du benutzt ihn dazu, vor Raoul 'ne dämliche Knutsch-Show abzuziehen? So was Ekelhaftes! Findest du das nicht auch gemein, Valeska?«

»Allerdings«, hauchte Val, die auf der Rückfahrt nur vor sich hin träumte und kaum mal den Mund aufmachte.

Ja, ich weiß, Aische hat völlig Recht: Was ich mit Shahid gemacht habe, war wirklich fies. Jetzt glaubt er natürlich, dass er mein Freund ist. Das ist er zwar auch, aber eben nicht so, wie er glaubt, sondern irgendwie anders.

Ach, Scheiße!

Wieso musste mich Raoul unbedingt so blöde angrinsen, als mir die Tränen kamen? Eigentlich sollte dieser arrogante Schnösel für mich längst gestorben sein. Doch nach wie vor wirbelt er mir ständig im Schädel herum. Und wenn ich daran denke, wie nett er Stefanies Cousine angelächelt hat, krampft sich alles in mir zusammen.

Nach dem Essen verschwinde ich ins Wohnzimmer, schnappe mir die Fernbedienung und schalte Viva ein, wo soeben die Sendung mit Dennis D. angefangen hat. Doch ehe ich es mir auf dem Sofa gemütlich machen kann, ruft meine Mutter aus dem Flur: »Telefon, Michelle!«

Das ist bestimmt Aische, die sich noch mal über den Verräter-Kuss aufregen will.

»Ja?«, melde ich mich.

»Hier ist Shahid.«
»Hallo! Na, wie geht's?«
»Hm.«
Pause. Je länger das Schweigen dauert, desto unbehaglicher wird mir zu Mute. Wieso sagt er denn nichts? Schließlich frage ich ihn, ob er gestern Abend gut nach Hause gekommen sei. Wetten, dass er einen Witz über das Zittern in meiner Stimme machen wird?
»Wir müssen reden«, sagt Shahid, ohne auf meine Frage einzugehen.
»Worüber?«
Als ob ich das nicht ganz genau wüsste!
Shahid wiederholt noch einmal seinen letzten Satz.
»Okay«, seufze ich. »Wann? Wo?«
»Ich bin gerade bei meiner Oma in Oberbilk. Wie wär's um drei vor der Philipshalle? Von da aus könnten wir ja in den Volksgarten gehen.«
»Einverstanden. Um drei bin ich da.«
Er legt auf, ohne sich zu verabschieden. Ich atme tief durch. Dann lege ich auf und gehe langsam zurück ins Wohnzimmer. Der Kuss ... Vermutlich hat Shahid gespürt, dass nur meine Lippen und meine Zunge daran beteiligt waren. Und jetzt weiß er, was ich ihm gern noch ein paar Wochen lang verschwiegen hätte.
Mir ist schlecht.

■

Mir ist immer noch schlecht, obwohl ich zwei Tassen Fencheltee getrunken habe. Aber gegen ein schlechtes Gewissen ist wohl kein Kraut gewachsen.

Eigentlich müsste ich jetzt in meinem Basketballdress auf der Ersatzbank hocken und meiner Mannschaft beim Spiel gegen Leverkusen die Daumen drücken. Stattdessen sitze ich in der S-Bahn und gucke hoch zu den Wolken, die es heute viel eiliger haben als sonst. Ein kräftiger Sturm jagt sie in einem unglaublichen Tempo über den Himmel. Er reißt auch haufenweise Blätter von den Bäumen und lässt sie durch die Luft tanzen.
»Hoffentlich hebt die S-Bahn nicht ab«, sagt der ältere Mann im dunkelblauen Mantel, der mir gegenübersitzt.
Hoffentflich *hebt* sie ab!, flehe ich in Gedanken. Dann müsste ich gleich nicht an der Philipshalle aussteigen und Shahid in die Augen gucken und ihm gestehen, dass ich ihm nur was vorgemacht habe und in Wirklichkeit in jemand anderen verknallt bin. Nein, mit irgendwelchen Ausreden will ich es erst gar nicht versuchen. Wenn Shahid die Wahrheit erfährt, will er zwar garantiert nichts mehr mit mir zu tun haben. Aber das ist mir immer noch lieber als die Komödie noch eine Zeit lang weiterzuspielen.
Ich werde Shahid bestimmt vermissen. Bis jetzt hab ich noch nie so offen mit einem Jungen geredet wie mit ihm, nicht mal mit Tim, meiner großen Fünf-Tage-Ferienliebe auf Baltrum. Seit dem verdammten siebten Oktober hab ich übrigens keinen einzigen Gedanken mehr an Tim verschwendet. Ist heute wirklich erst der Neunzehnte?
Irre, was in den letzten zwölf Tagen alles passiert ist: Ich hab mich in Raoul verknallt, wurde von Shahid angehimmelt und von Jens-Peter befummelt, habe Shahid und Daniel geküsst und mir die Haare abschneiden lassen. Und trotzdem hab ich mich in den letzten Tagen öfter dabei ertappt, dass ich immer noch auf das ganz große Ereignis

warte, das mein Leben total verändern wird. Ich muss echt verrückt sein!
Die Philipshalle kommt in Sicht.
»Auf Wiedersehen!«, sagt der nette ältere Herr, als ich aufstehe. »Ich wünsche dir einen schönen Tag!«
»Den wünsch ich mir auch, aber den werde ich leider nicht haben. Tschüss!«
Der Sturm haut mich fast um, als ich aus der S-Bahn steige. Hoffentlich bleiben Esther und Valeska heute zu Hause, sonst weht der Wind die beiden Leichtgewichte glatt bis nach Australien.
Mit wackligen Beinen gehe ich Treppe hinunter und dann durch die Unterführung Richtung Parkplatz, auf dem nur wenige Autos parken. Nach Shahid muss ich nicht lange Ausschau halten. Er steht vor einem der Eingänge zur Philipshalle und unterhält sich mit einem anderen pakistanischen Jungen. Das muss Anwar sein, Shahids Freund, von dem er mir schon mal erzählt hat. Jetzt erkenne ich ihn auch wieder: Er war dabei, als Shahid uns auf der Kö den Zwanziger gespendet hat. Seltsam: Warum schleppt er ihn denn mit? Damit mich Anwar festhält, wenn Shahid mich verprügeln will?
Doch kaum hat er mich entdeckt, verabschiedet er sich von seinem Freund mit einem Klaps auf die Schulter und rennt auf mich los. Wie komisch er dabei mit den Armen schlackert! Ob er das extra macht, um mich zum Lachen zu bringen? Mir ist eher zum Heulen zu Mute. Wenn ich mich nicht zusammenreiße, fang ich noch an zu flennen, bevor Shahid und ich uns begrüßt haben.
»Hi! Du bist ja superpünktlich!«
»Du auch«, antworte ich.

Wir setzen uns in Bewegung, Richtung Volksgarten. Ich hab sofort gemerkt, dass Shahid ganz anders drauf ist als sonst. Kein witziger Spruch, keine Grimassen, nicht mal ein Blick in meine Augen – er muss irrsinnig sauer auf mich sein. Und das kann ich natürlich verstehen.

Mit verschränkten Armen geht er neben mir her. Dauernd kickt er nach Steinchen, was er bisher noch nie gemacht hat. Klar, er ist genauso nervös wie ich. Aber warum sagt er denn nichts? Beim Reden kann ich viel besser gegen meine Tränen ankämpfen. Wenn er noch länger schweigt, krieg ich gleich einen Heulkrampf. Also muss ich wohl selbst den Anfang machen.

Weil ich keine Lust auf ödes Blabla habe, komme ich sofort zum Thema. »Du hast gesagt, wir müssen reden«, erinnere ich ihn.

Er nickt, schweigt aber weiter. Weil ich nicht weiß, was ich machen soll, gucke ich auf die Uhr.

»Hast du es eilig?«, fragt Shahid.

»Ja«, lüge ich, damit er endlich mit seiner Abrechnung loslegt.

»Okay, dann machen wir's kurz. Ich bin ein Vollidiot!«, fängt er an. »Das war die mieseste Idee, die ich je hatte. Es tut mir Leid, wirklich! Und ich kann auch verstehen, dass ich bei dir für immer und ewig unten durch bin.«

»Wovon redest du?«

»Von Valeska.«

Hä? Ich verstehe kein Wort und sehe Shahid verblüfft an.

»Hast du denn nichts gemerkt?« Er wirft mir einen unsicheren Blick zu.

»Wovon redest du?«

Er stößt einen tiefen Seufzer aus. »Vor anderthalb Wochen«, murmelt er so leise, dass ich ihn kaum verstehe. »Auf der Kö. Du und deine Freundinnen. Valeska.« Er stockt. »Ich weiß, es klingt saublöd, aber es war Liebe auf den ersten Blick.«

»Valeska?« Allmählich dämmert mir, was Sache ist.

»Ja, Valeska. Ich dachte, ich sehe sie nie mehr wieder. Und dann liefst du mir zufällig im Kino über den Weg. Ich hab dich bis nach Hause verfolgt. Eigentlich wollte ich dich nur nach Valeskas Adresse fragen, aber irgendwie hatte ich Angst, du würdest mich abwimmeln. Darum kam ich auf die Scheißidee mit dieser Show. Ich wollte so tun, als wäre ich in dich verknallt, weil ich . . . na ja, ich dachte halt, durch dich könnte ich Valeska kennen lernen und ihr dann . . . ich meine, dieser Plan hätte sowieso nicht funktioniert, weil . . . weil . . .«

Er tritt gegen einen Baumstamm und bleibt stehen.

»Verstehst du jetzt, verdammte Scheiße? Und der Rest war auch gelogen. Ich meine der Quatsch über meine Famile. Ich hab keine Geschwister und leb auch nicht in 'ner winzigen Wohnung. Und mein Vater ist kein Tellerwäscher, sondern Gehirnchirurg.«

»Gehirnchirurg?«

»Ja. Ich dachte halt, die Mitleidstour käme am besten bei dir an, weil ihr das mit der Spende –« Er stockt und guckt mir zum ersten Mal richtig in die Augen. »Ich bin ein Arsch!«

»Stimmt.«

»Wenn du mich gestern nicht geküsst hättest, wäre die Show noch weitergegangen. Aber da kam ich plötzlich dahinter, wie gemein ich zu dir war. Okay, ich bin zwar in Valeska verknallt, aber dich mag ich auch.«

»So?«
Mir fällt Tim ein und seine Barbie, wegen der er mich abserviert hat. Shahids Barbie heißt Valeska und mich hat er nur dazu benutzt, um an sie ranzukommen. Nie und nimmer hätte ich Shahid so was Fieses zugetraut! Meine Enttäuschung ist so groß, dass mir die Sache mit Raoul dagegen total läppisch vorkommt.
Wie ein Häufchen Elend steht Shahid vor mir. Der Wind zerzaust seine Haare. Ich hab nicht den blassesten Schimmer, was ich tun oder sagen soll. Und er anscheinend auch nicht.
»Gehirnchirurg!«, wiederhole ich idiotischerweise. »Gehirnchirurg!«
Ich fange an zu lachen, drehe mich um und marschiere davon.
Ungefähr zehn Meter weiter brechen die Dämme, die bis jetzt meine Tränen zurückgehalten haben.

■

Die S-Bahn ist gerade weg, als ich zwanzig Minuten später am Bahnsteig ankomme. Die nächste fährt in einer halben Stunde. Soll ich zurück in den Volksgarten und noch eine Runde drehen? Auf keinen Fall, sonst könnte ich Shahid wieder begegnen. Und dann würde ich mich wegen meinem seltsamen Abgang schämen. Der war irgendwie nicht ganz fair, weil ich Shahid nämlich was Wichtiges verschwiegen habe.
Da es auf dem Bahnsteig zu stürmisch ist, entschließe ich mich dazu, durch die Straßen zu tigern. Vor dem ersten Schaufenster bleibe ich stehen und gucke mich an. O Mann,

von der Heulerei sehen meine Augen aus, als hätte ich einen Boxkampf hinter mir! Kein Wunder, dass mich die Spaziergänger im Volksgarten so dämlich angestarrt haben.

Um nicht die Orientierung zu verlieren, merke ich mir die Namen der Straßen, durch die ich latsche. Ich stutze, als ich in die Markenstraße einbiege. Warum kommt mir der Name so bekannt vor? Hier war ich doch noch nie. Jemand muss sie vor nicht allzu langer Zeit mal erwähnt haben.

Na klar: Gudrun wohnt hier! Solche Zufälle gibt's sonst nur im Kino.

Ich greife in die Hosentasche und hole den Zettel heraus, den Gudrun mir im Salon gegeben hat. Die wird staunen, wenn ich gleich bei ihr reinschneie! Aber wahrscheinlich ist sie gar nicht zu Hause.

Doch, ich hab Glück. Sie meldet sich über die Sprechanlage.

»Hier ist Michelle.«

»Wow, das ist aber 'ne Überraschung!«

Oben im vierten Stock nimmt sie mich an der Hand und führt mich in ihr Zimmer. Es ist fast genauso winzig wie das von Valeska.

Valeska . . .

Der Gedanke an sie sorgt dafür, dass ich schon wieder mit den Tränen kämpfen muss.

»Hey, ist irgendwas Schlimmes passiert?«, fragt Gudrun und fährt sich durch ihre grünen Stoppeln.

Ich nicke.

»Setz dich erst mal hin. Willste 'n Schluck Cola?«

Ich nicke wieder. Während Gudrun aus dem Zimmer verschwindet, hocke ich mich aufs Bett und schaue mich um. Gudruns Möbel sehen aus wie vom Trödelmarkt und sind

mit knallbunten Farben bemalt. An den Wänden hängen Poster von Models. Eins der Regale ist mit zig Stofftieren beladen. Auf Gudruns Schreibtisch steht ein Foto von einem Typen mit Bart.
»Ist das dein Freund?«, frage ich Gudrun, als sie mit einem großen Glas Cola zurückkommt.
»Nee, mein Vater. So sah er aus, als er meine Mutter kennen lernte und die beiden auf die Idee kamen mich zu zeugen.«
»Und wie sieht er heute aus?«
»Würde ich auch ganz gerne wissen. Aber er hat sich verpisst, als ich zwei war. Hier, trink mal was!«
Sie drückt mir ein Glas in die Hand. Während ich trinke, steckt sie sich eine Zigarette in den Mund und zündet sie an.
»Weißt du eigentlich, dass in jeder Kippe viertausend Schadstoffe sind?«
»Mehr nicht?«, antwortet sie grinsend. »Und ich dachte immer, Rauchen wäre ungesund.«
Sie bläst den Rauch an die Decke, setzt sich dann auf den Schreibtisch und guckt mich neugierig an.
»Liebeskummer?«
»Hm, so was Ähnliches.«
»Nun mach's nicht so spannend, Michelle! Ich höre wahnsinnig gern Geschichten. Was meinst du, wieso ich Friseurin geworden bin? Nur deshalb, weil einem die Kundinnen immer so viel erzählen. Also raus damit!«
»Die Geschichte ist allerdings ziemlich lang.«
»Macht nichts. Du musst sowieso hier bleiben, bis der neue Freund meiner Mutter zur Spätschicht abgedüst ist.«
»Wieso?«

Gudrun winkt ab. »Na komm, schieß los!«
Ich trinke den Rest der Cola aus, stelle das Glas auf den Boden und fange an zu erzählen. Die erste Begegnung mit Shahid auf der Kö, der Fußtritt von Raoul, Shahids Kniefall, seine Witze, die Fete, der Kuss, Shahids Geständnis, dass er in Valeska verknallt ist – ich lasse nichts aus.
Dass die Schwatzbacke Gudrun eine so gute Zuhörerin ist, hätte ich nicht gedacht. Sie quatscht nicht dazwischen, nickt nur manchmal, schüttelt ab und zu den Kopf, runzelt die Stirn und verkneift sich mehrmals ein Grinsen.
»Das ist ja der reinste Bravo-Roman!«, ruft sie aus, als ich fertig bin. »Ist Shahid wirklich so komisch, wie du ihn beschrieben hast?«
»Ein hundsgemeiner Lügner ist er, sonst nichts!«
»Und du? Wolltest du ihm vorhin nicht gestehen, dass du ihn nur wegen diesem Schönling geküsst hast? Stattdessen lässt du den armen Kerl einfach stehen und verschwindest von der Bildfläche.«
»Armer Kerl!«, fauche ich. »Der hat mir nur was vorgespielt, um an meine beste Freundin ranzukommen.«
»Dann tu ihm doch den Gefallen und verkupple ihn mit dieser Valeska. Und im Gegenzug verkuppelt dich Shahid mit Raoul. Wäre das kein guter Deal?«
»Wie soll er das denn machen? Er kennt ihn doch gar nicht.«
»Na und? Dem fällt bestimmt irgendwas ein, wetten? Ich wünschte, ich würde auch mal so einen witzigen Typen kennen lernen. Meine letzten Freunde waren total schlappe Langweiler. Ich hab halt keine Ahnung von Jungs. Bist du jetzt eigentlich sauer auf deine Freundin?«
»Auf Valeska? Quatsch! Die kann ja nichts dafür. Obwohl

– vielleicht sollte ich mir lieber Freundinnen zulegen, die wie Frankenstein aussehen, damit ich bei den Jungs wenigstens 'ne klitzekleine Chance habe. Oder meinst du, dass ich –«

»Psst, sei mal still!«, unterbricht mich Gudrun und lauscht. Ich höre eine Tür ins Schloss fallen und sehe Gudrun fragend an.

»Der Freund meiner Mutter«, erklärt sie. »Endlich ist er weg!«

»Hast du Zoff mit ihm?«

»Noch nicht. Aber wenn ich nicht bald hier ausziehe . . .« Sie greift nach der Zigarettenschachtel.

»Was ist dann?«, frage ich.

»Ach, nichts!«

Ich ziehe eine Schnute. »Komm, ich hab dir auch was erzählt. Jetzt bist du an der Reihe.«

»Da gibt's nichts groß zu erzählen. Der Arsch guckt mich total widerlich an, wenn wir alleine sind, das ist alles. Meine Mutter will natürlich nichts davon hören. Aber ich hab richtige Angst vor ihm. Und darum brauche ich so schnell wie möglich 'ne eigene Wohnung. Mithilfe meiner Oma könnte ich die sogar bezahlen. Fragt sich nur, wo ich die Kaution und das Geld für den Makler herkriegen soll.« Sie zündet sich die nächste Zigarette an. »Aber jetzt reden wir nicht über mein Problem, sondern über deins. Also, was hältst du von meinem Verkupplungsvorschlag?«

»Gar nix!«

»Hm, ich eigentlich auch nicht. Bei diesem Raoul hast du sowieso keine Chance.«

»Und warum nicht?«

»Weil sich unheimlich schöne Jungs einfach nicht mit un-

heimlich fetten Mädels einlassen, kapiert? Na, fängst du jetzt wieder an zu heulen?«
Ich muss lachen. Gudrun legt ihre Zigarette in den Aschenbecher, steht auf, lässt sich neben mir nieder und legt ihre Arme um mich.
»Hey, super! Du kannst ja über dich selbst lachen. Soll ich dir mal was sagen? Du hast *doch* eine Chance bei Raoul!«
»Hä? Woher willst du das wissen? Eben meintest du doch, du hättest keine Ahnung von Jungs.«
Sie kneift mich ins Ohrläppchen. »Das stimmt auch. Aber dafür hab ich 'ne Menge Ahnung von Mädchen.«

5366

Vor fast zwei Wochen hat sich das Kleeblatt zuletzt getroffen. Darum wird's höchste Zeit, dass wir endlich mal wieder 'ne Aktion starten, um die fehlenden dreihundertelf Mark zu sammeln.

Pünktlich um halb drei trudelt Esther bei mir ein.

»Wie lange lässt du denn noch den Michael-Jackson-Schrott hier rumhängen?«, meckert sie, als sie in mein Zimmer kommt. »Der ist doch so was von out! Und leg bloß keine CD von ihm auf, sonst krieg ich Pickel.«

Sie wirft ihre rote Jeansjacke aufs Bett, lässt sich auf dem Teppichboden nieder und verknotet die Beine. »Und? Was gibt's Neues?«

»Nichts«, schwindle ich und setze mich aufs Fensterbrett.

»Ach! Und was ist mit diesem Paki, der den Zwanziger gespendet hat? Aische hat mir am Telefon verraten, du hättest ihn am Samstag auf die Fete von Stefanie mitgeschleppt. Bist du denn jetzt mit ihm zusammen?«

Ich zucke mit den Schultern. Weder Aische noch Valeska hab ich bisher erzählt, was mir Shahid vorgestern im Volksgarten gestanden hat. Irgendwie kann ich einfach nicht darüber reden. Erstens würden sie garantiert ein paar Witze darüber machen. Und zweitens – was noch viel schlimmer wäre! – hätten sie Mitleid mit mir. Und darauf kann ich echt verzichten.

Natürlich ist mir klar, dass ich irgendwann mit der Wahr-

heit rausrücken muss, aber damit möchte ich noch ein bisschen warten.
»Du bist also nicht mit ihm zusammen?«, bohrt Esther weiter, worauf ich erneut mit den Schultern zucke.
Esthers Miene verfinstert sich, weil sie glaubt, ich würde ihr was verschweigen.
»Die Sache ist ziemlich kompliziert«, erkläre ich ausweichend.
»Wieso?«
»Weil ... weil Shahid und ich ... äh ...«
Es klingelt an der Tür. Heilfroh darüber, dass ich Esther nichts vorschwindeln muss, stürme ich in den Flur und drücke auf den Türsummer. Hoffentlich nerven mich gleich Val und Aische nicht auch mit Fragen nach Shahid.
»Nanu?«, wundere ich mich, als ich Aische allein die Treppe heraufkommen sehe. »Wo hast du denn Valeska gelassen?«
»Ist sie denn nicht hier?«, gibt sie ebenso verwundert zurück. »Ich wollte sie abholen, aber es war niemand zu Hause.«
»Komisch.«
Nachdem sich Esther und Aische begrüßt haben, stelle ich eine Riesenschüssel Erdnussflips auf den Teppich. Wir hocken uns um die Schüssel wie Indianer ums Lagerfeuer und reden über Val.
»Gestern und vorgestern ist sie nicht mit uns zusammen in die Schule gefahren«, berichte ich Esther. »Als wir ankamen, war sie schon da. Und als wir sie fragten, warum sie nicht mehr auf uns warten will, gab sie keine richtige Antwort. Stimmt's, Aische?«

Sie nickt. »Valeska ist total seltsam drauf. In der Schule glotzt sie nur noch weggetreten vor sich hin. Außer heute in Geschichte. Da war sie so aufgedreht, als hätte sie irgendwas geschluckt.«

»Val und Drogen?« Esther macht ein ungläubiges Gesicht. »Niemals! Eher würde sich mein Hamster ein Kilo Heroin spritzen.«

»Meinst du, wir sollten mal mit ihr reden?«, frage ich.

»Na klar! Sind wir Freundinnen oder nicht? Dann sollten wir eigentlich auch keine Geheimnisse voreinander haben.«

Mit schlechtem Gewissen stopfe ich mir eine Hand voll Flips in den Mund.

»Wahrscheinlich steckt ein Junge dahinter«, sage ich kauend. »Val hat sich doch dauernd über Liebeskummer lustig gemacht. Und jetzt, wo es sie vielleicht zum ersten Mal so richtig erwischt hat, ist es ihr zu peinlich mit uns darüber zu quatschen.«

»Ich rufe sie heute Abend mal an«, sagt Esther. »Aber jetzt sollten wir überlegen, wie wir an die deihundert Mark kommen, die wir noch brauchen. Ich habe da eine Superidee, Leute! Nur wird sie euch bestimmt nicht gefallen«, fügt sie skeptisch hinzu.

»Lass hören!«

»Okay.« Esther grinst. »Also: Dieses Jahr fängt der Karneval schon im Oktober an. Wir fahren zu meiner Oma nach Flingern, verkleiden uns als Penner, nehmen ihre zwei Dackel mit und lassen uns irgendwo in der Altstadt nieder. Ich wollte schon immer mal wissen, wie man sich als Bettlerin fühlt. Na, was sagt ihr dazu?«

Erst wechseln Aische und ich einen entgeisterten Blick.

Doch plötzlich nicken wir uns gleichzeitig zu und stehen auf.
»Total beknackt, deine Idee!«, sagt Aische. »Los, Leute! Fahren wir zu Esthers Oma!«

■

Zugegeben: Mir ist ganz schön mulmig zu Mute, als ich eine Stunde später in einer altmodischen schwarzen Lederjacke und einer schmuddeligen grauen Kordhose aus der Bahn steige. Esthers Oma hat zig Kisten mit ausrangierten Klamotten im Keller gehortet. Angeblich vergisst sie immer das Zeug bei einer Altkleidersammlung auf die Straße zu stellen. Aber Esther behauptet, dass ihre Oma sich einfach nicht von den Sachen trennen kann.
»O Gott, wie seh ich denn aus!«, stöhnt Aische und guckt an sich herunter. »Diesen ekelhaften gestreiften Mantel würde ich nicht mal als Fußmatte benutzen! Was sind das für Flecken auf den Ärmeln?«
»Fass sie lieber nicht an«, rät ihr Esther, die in einer viel zu weiten Jeans und einer verdreckten Öljacke steckt, »Hier, nimm mal einen von den Killerdackeln, Michelle! Ich muss ja auch noch die Tüte tragen.«
Sie drückt mir Ringos Leine in die Hand. Der andere Dackel heißt Lady. Erstaunlich, dass uns Esthers Oma die beiden Hunde mitgegeben hat! Aber sie ist ganz begeistert von unserem Kleeblatt und hat uns schon öfter irgendwelchen Krempel besorgt, den wir dann auf Trödelmärkten verkauft haben. Auch Esthers und Aisches Eltern unterstützen regelmäßig unsere Spendensammlung, während Valeska und ich zu Hause noch kein Wort von der Aktion

verraten haben. Unsere Eltern sind nämlich ständig knapp bei Kasse und würden sich bestimmt darüber aufregen, dass wir seit einigen Monaten mehr als die Hälfte unseres Taschengelds in die Kleeblatt-Kiste zahlen.
Auf dem Weg in die Altstadt werden wir ziemlich blöd angeglotzt, von allem von Jungs und Mädchen in unserem Alter. Um möglichst echt zu wirken, machen wir ganz mürrische Gesichter. Doch als wir zufällig in ein Schaufenster gucken und unsere Spiegelbilder sehen, bleiben wir stehen und fangen an zu lachen.
»Nee, Leute!«, sagt Esther kopfschüttelnd. »Das sieht ja wohl jeder, dass wir nicht ganz echt sind. Traut ihr euch etwa zu den richtigen Pennern in die Altstadt?«
Aische tippt sich an die Stirn. »Mit denen würden wir garantiert Ärger kriegen. Kommt, gehen wir zurück zur Haltestelle, ehe uns jemand –«
»Das sind aber feine Hundis!«, sagt in diesem Moment eine ältere Dame in einem schwarzen Mantel mit weißem Pelzkragen. Lächelnd beugt sie sich zu Ringo und Lady hinab und streichelt sie. »Ja, ihr habt's richtig gut, ihr beiden! Das sieht man euch an. Und daran wird sich auch hoffentlich nichts ändern.«
Die Frau richtet sich wieder auf, öffnet ihre Handtasche, holt einen Zehner raus und drückt ihn mir in die Hand.
»Äh, danke!«, sage ich perplex.
»Sorgt gut für sie. Und für euch natürlich auch. Tschüss!«
»Kapiert ihr das?«, frage ich die beiden, nachdem die Frau verschwunden ist. »Hat die Frau denn nicht gemerkt, dass wir uns nur verkleidet haben? Und dass die beiden Dackel keine Straßenköter sind, sondern erst vorletzte Woche im Hundesalon waren?«

»Anscheinend nicht«, sagt Esther. »Und? Was machen wir jetzt? Gehen wir nach Hause oder in die Altstadt?«
Nach längerem Hin und Her einigen wir uns darauf, uns statt in der Altstadt lieber auf der Schadowstraße niederzulassen. Dort ist mindestens genauso viel Betrieb, aber die Gefahr, richtigen Pennern in die Quere zu kommen, nicht ganz so groß.
Wir setzen uns in Bewegung. Ich schaue mich immer wieder vorsichtig nach allen Seiten um, weil ich keine große Lust habe irgendeinem Bekannten in die Arme zu laufen. Die Straßenbahnen, die an uns vorüberfahren, behalte ich ebenfalls im Auge. Zu dumm, dass ich nicht weiß, auf welcher Linie mein Vater heute Dienst hat.
»Hey, hier ist ein guter Platz!«, ruft Esther aus und steuert auf einen Sparkasseneingang zu. »Wenn die Leute mit der Kohle aus der Bank kommen, können sie uns direkt ein paar Mark davon überlassen.«
Wir machen es uns etwa drei Meter neben dem Eingang bequem. Esthers Oma hat uns einen Stapel Zeitungen mitgegeben, damit wir und auch ihre Hunde nicht so frieren.
Nachdem wir uns die *Rheinische Post* unter den Hintern gestopft haben, zeigt Aische auf Esthers Plastiktüte und fragt: »Was hat deine Oma denn sonst noch für uns eingepackt?«
Mit geheimnisvoller Miene holt Esther zwei Flaschen Rotwein aus der Tüte und gibt mir eine davon.
»Hier, trink mal 'n Schluck!«
»Spinnst du? Ich rühre keinen Alkohol an.«
»Trink!«, wiederholt Esther und zwinkert mir dabei zu.
Ich schraube die Flasche auf und schnuppere daran. Dann

setze ich sie an die Lippen und trinke und trinke und freue mich über Aisches entsetzten Blick.
»Hör auf, du dumme Kuh!«, kreischt sie schließlich und reißt mir die Flasche aus der Hand. »Willst du gleich besoffen durch die Gegend torkeln?«
Esther und ich kichern um die Wette.
»Da ist Traubensaft drin«, erklärt Esther. »Meine Oma meinte, ohne Bierdosen oder Rotweinpullen würden wir nicht authentisch genug aussehen.«
»So 'ne Oma hätte ich auch gern«, sagt Aische und trinkt nun auch einen Schluck.
Dann stellen wir eine leere Zigarrenkiste vor die beiden Dackel und gucken zu, wie es Markstücke regnet. Ja, Tatsache! Wir können es selbst kaum fassen, wie erfolgreich unsere Aktion verläuft. Gespendet wird nicht nur von älteren Leuten, sondern auch von Müttern mit kleinen Kindern, holländischen Touristen, Japanern mit Aktentaschen, Kids auf Rollerblades und einem unheimlich süßen Jungen, der mich an Raoul erinnert (den ich übrigens seit Stefanies Fete am Samstag nicht mehr gesehen habe).
Fast alle gucken nur die Dackel an, wenn sie ihr Geld in die Kiste werfen. Eine jüngere Frau mit knallroten Lippen geht jedoch neben Aische in die Knie und will von ihr wissen, wie lange wir schon auf der Straße leben würden.
»Äh, seit drei Monaten«, antwortet Aische.
»Wirklich?«, staunt die Frau, die an der linken Augenbraue gepierct ist. »Wieso hab euch noch nie hier gesehen?«
»Wir sind aus Hamburg«, sage ich schnell, weil ich erst gestern Abend einen Film über den Kinderstrich in St. Georg gesehen habe.
»Aha.« Die Frau gibt uns die Adresse von einem Haus für

obdachlose Mädchen. »Tut mir einen Gefallen und geht dort hin, okay?«, sagt sie beim Abschied.
Wir nicken.
»Die war aber nett«, staunt Aische, nachdem die Frau verschwunden ist. »Kamt ihr euch auch so blöd vor beim Lügen? Ich hab mich gefühlt, als ob ich –«
Irrsinnig lautes Straßenbahngeklingel unterbricht Aisches Satz. Die Bahn steht mitten auf der Schadowstraße, obwohl kein Hindernis auf den Schienen zu entdecken ist.
»Scheiße, Michelle!«, flucht Aische. »Dein Vater!«
O nein – die Bahn hat nur wegen mir gehalten! Mit versteinerter Miene winkt mein Vater zu mir herüber. Mein rechter Arm zittert, als ich zurückwinke. Die Bahn fährt weiter.
»Kriegst du jetzt Ärger mit deinen Eltern, weil du hier rumbettelst?«, fragt Esther.
»Im Gegenteil!«, erwidere ich ironisch. »Die werden zur Belohnung garantiert mein Taschengeld verdoppeln!«

■

Beim Abendessen beiße ich mir öfter auf die Zunge als ins Brot.
»Jetzt sag uns endlich die Wahrheit!«, verlangt meine Mutter zum x-ten Mal. »Wofür braucht ihr so dringend Geld?«
»Wie oft soll ich es denn noch erklären? Wir sammeln für einen guten Zweck, und zwar schon seit Anfang des Jahres. Wenn wir zweitausend Mark zusammenhaben, wollen wir es jemandem geben, der damit sein Leben ändern kann.«
Meine Eltern glauben mir kein Wort.
»Sein Leben ändern!«, brummt mein Vater. »Mit zweitausend Mark?«

»In manchen Ländern kommt man ein ganzes Jahr damit aus. Warum glaubt ihr eigentlich, dass ich euch was vorschwindle?«

»Wär ja wohl nicht das erste Mal«, sagt ausgerechnet mein Vater, den ich vorhin bei einer faustdicken Lüge ertappt habe.

Er kam nämlich fast eine Stunde später als sonst nach Hause und behauptete, ein Stau habe ihn aufgehalten. Wie kann er bloß einen Stau mit einem Café verwechseln? So ein Schwindler!

Dass er mich beim Betteln auf der Schadowstraße erwischt hatte, machte mich wahnsinnig nervös. Um Viertel vor sechs verabschiedete ich mich überstürzt von Aische und Esther und düste ab in die Altstadt. Ich wollte meinen Vater von der Arbeit abholen. Und auf der Fahrt nach Hause wollte ich ihm dann in aller Ruhe erklären, was es mit dem Kleeblatt auf sich hat.

Da er mit der 712 unterwegs war, würde mein Vater um Punkt sechs an der Heinrich-Heine-Allee aus seiner Bahn steigen und hinüber zur Haltestelle der 703 gehen. Ich musste rennen, um nicht zu spät zu kommen. Mist, dass ich immer noch in den schäbigen Klamotten rumlief! Die Leute starrten mich an wie eine Aussätzige.

Als die Haltestelle in Sicht kam, entdeckte ich auch schon meinen Vater, der sich gerade mit zwei Kolleginnen unterhielt. Ich wollte rufen, doch plötzlich setzte er sich in Bewegung – allerdings in die falsche Richtung. Wieso ging er denn mit den Kolleginnen in die Altstadt und nicht zur Straßenbahn?

Verblüfft blieb ich stehen und verschnaufte. Ich guckte meinem Vater hinterher, der seine schwere Tasche so locker herumschlenkerte, als wäre sie eine leere Papiertüte. Anscheinend war er gerade prima gelaunt. Ob das was mit den beiden Frauen zu tun hatte, mit denen er unterwegs war?

Ohne weiteres Zögern heftete ich mich ihm und seinen Kolleginnen an die Fersen. Eine von ihnen war fast so groß wie mein Vater und hatte lange braune Locken. Die andere war kleiner, mindestens so dick wie ich und hatte kurze schwarze Haare mit blonden Strähnchen. Schade, dass ich nicht verstehen konnte, worüber sich die drei unterhielten. Ich hörte sie nur ab und zu lachen.

Kurz darauf verschwanden sie in einem Café, setzten sich aber zum Glück direkt ans Fenster. Ich verkrümelte mich hinter eine Litfaßsäule, von wo ich meinen Vater ungestört beobachten konnte. Und siehe da, es gab eine weitere Überraschung: Mein Vater bestellte ein Kännchen Tee.

Hä?

Ich kam aus dem Staunen nicht heraus. Noch nie im Leben hatte ich meinen Vater Tee trinken sehen. Angeblich schmeckte der ihm genauso gut wie Spülwasser. Und jetzt saß er in diesem teuren Café, in dem nur reiche Omas rumhängen, und hantierte so gekonnt mit dem Teesieb und dem Kandiszucker, als hätte er es vorher wochenlang geübt.

Ebenso sehr wunderte mich, dass mein Vater seine Kolleginnen immer wieder zum Lachen brachte. Komisch, normalerweise machte er höchstens drei Witze im Jahr. Auf einmal ließ er offenbar reihenweise Gags vom Stapel. Die Kollegin mit den Locken entblößte beim Wiehern ein richtiges Pferdegebiss.

Höchst verwirrt ging ich zur Haltestelle und fuhr nach

Hause. Obwohl das, was ich beobachtet hatte, äußerst ungewöhnlich war, kam es mir doch ziemlich harmlos vor. Dass mein Vater mit beiden Kolleginnen eine Tasse Tee trinken ging, bedeutete ja wohl, dass er mit keiner von ihnen irgendwie verbandelt war.

Anscheinend hat er einen riesigen Bammel vor Mutters Eifersuchtsanfällen. Oder wieso traut er sich nicht ihr von einem ganz normalen Cafébesuch zu erzählen?

»Ist leider etwas später geworden«, begrüßte er meine Mutter und gab ihr einen Kuss. »Wegen der Messe war ein Riesenstau auf der Grafenberger Allee. War wirklich nicht nötig mit dem Essen auf mich zu warten.«

Dann setzte er sich an den Tisch und fing an mich wegen der Bettelei anzumachen. Meine Mutter fiel fast in Ohnmacht, als sie davon hörte. Und jetzt prasseln Fragen wie ein Hagelschauer auf mich nieder, aber meine ehrlichen Antworten nimmt mir einfach keiner ab. Vor Wut bin ich mehrmals kurz davor, meinen Vater zu fragen, wie ihm der Tee geschmeckt hat. Aber obwohl er mich für eine Lügnerin hält, finde ich es unfair ihn selbst als Lügner zu outen. Tja, ich bin halt zu gut für diese Welt . . .

»Na schön!«, seufze ich, nachdem ich meinen letzten Bissen runtergeschluckt habe. »Wenn ihr unbedingt wissen wollt, warum wir wirklich auf der Schadowstraße rumgebettelt haben, dann verrate ich es euch.«

Meine Eltern hören auf zu kauen und gucken mich gespannt an.

»Wir brauchen unbedingt Geld für unseren Koks-Dealer. Stellt euch vor: Dieser Idiot hat die Preise verdoppelt! Was sagt ihr dazu? Ist das nicht 'ne Frechheit? Wenn das so weitergeht, steige ich demnächst auf Ecstasy um.« Ich stehe auf. »So, ich zieh mir jetzt mal 'ne Prise rein, sonst kann ich das Fernsehprogramm nicht ertragen. Ciao, Leute! Ich liebe euch!«

5368

Aische und ich sind ratlos. Seit vorgestern versuchen wir nun schon mit Valeska über ihr seltsames Verhalten zu reden. Aber entweder schaltet sie sofort auf stur und macht nicht mehr den Mund auf – oder sie albert rum, kichert über ihre eigenen kindischen Späßchen und nimmt uns kein bisschen ernst.

Tierisch aufgeregt hat sie sich allerdings über unsere Bettelaktion. Als Aische und ich ihr gestern in der ersten Pause davon erzählten, ist sie richtig ausgerastet.

»Seid ihr denn total durchgeknallt?«, fauchte sie uns an. »Mit so einem Schwachsinn verarscht ihr doch nur die echten Obdachlosen! Wer ist denn auf diese beknackte Idee gekommen?«

»Verrat uns lieber, wieso du uns gestern hängen gelassen hast«, kontere ich. »Wir waren um drei bei mir verabredet. Wo hast du denn gesteckt?«

»Das geht euch einen Dreck an! Wenn das Kleeblatt nur noch so widerliche Bettelaktionen macht, könnt ihr mich sowieso abhaken.«

Und damit rauschte sie davon.

Na ja, so ganz Unrecht hatte sie natürlich nicht. Während dieser ganzen Penner-Schauspielerei haben wir uns ja selbst nicht besonders wohl gefühlt in unserer falschen Haut. Aber immerhin brachte uns dieser Nachmittag fast zweihundert Mark ein!

Um uns endlich mal in Ruhe mit Valeska ausquatschen zu können, wollten wir uns heute Nachmittag mit ihr verabreden. Sie lehnte ab mit der Ausrede für die Physikarbeit am Montag büffeln zu müssen. So leicht lassen Aische und ich uns jedoch nicht abwimmeln. Darum wollen wir uns um halb vier vor Valeskas Haus treffen und unangemeldet bei ihr reinschneien. Wir werden erst wieder gehen, nachdem Val endlich mit ihrem Geheimnis rausgerückt ist.

Aische erwartet mich schon, als ich um fünf vor halb in Valeskas Straße einbiege.

»Hast du dir Watte in die Ohren gestopft?«, begrüßt sie mich mit einem schwachen Lächeln. »Unser Überfall wird Val so sehr begeistern, dass sie sich garantiert in einen Brüllaffen verwandelt, wetten?«

»Wetten nicht?«, halte ich dagegen. »Vielleicht ist sie ja auch ganz froh, wenn sie loswerden kann, was sie so durcheinander bringt.«

»Ach nee! Und warum hat sie es dann bis jetzt noch nicht getan?«

Ich zucke die Schultern und denke an Shahid und hoffe, dass ich nicht rot werde.

»Okay, bist du so weit?«, fragt mich Aische, ehe sie auf die Klingel drückt.

Ich hole tief Luft und nicke. Aische klingelt.

»Ja?«, meldet sich Vals Mutter in der Sprechanlage.

»Hier sind Aische und Michelle. Ist Val da?«

»Nein. Sie wollte heute zu Esther nach Ratingen.«

Aische und ich wechseln einen überraschten Blick.

»Aha«, sagt Aische.

»Soll ich ihr was ausrichten?«, fragt Vals Mutter.

»Nicht nötig. Tschüss!«

»Tschüss!«
Wütend trete ich gegen die Häuserwand. »Bei Esther! Glaubst du das etwa?«
»Das können wir ja nachprüfen. Los, komm!«
Im Eiltempo marschieren wir zur nächsten Telefonzelle, stecken eine Karte rein und wählen Esthers Nummer. Sie hebt selbst ab. Und natürlich hat sie keinen Schimmer, dass Valeska heute bei ihr aufkreuzen wollte.
»Diese verdammte Lügnerin!«, zischt Aische, nachdem sie den Hörer aufgeknallt hat und aus der Zelle gestürmt ist. »Jetzt hab ich aber die Schnauze voll! Kannst du mir mal verraten, warum sie ihren besten Freundinnen was vorschwindelt?«
Ihre Augen funkeln vor Zorn. Nur drei Sekunden kann ich ihrem Blick standhalten. Dann senke ich die Augen und murmle: »Besonders ehrlich war ich in den letzten Tagen auch nicht.«
Aische bleibt stehen und hält mich am Ärmel fest. »Was soll denn das nun wieder heißen?«
»Verdammte Kacke!«, sage ich nur und reiße mich los und gehe weiter.
Nach ein paar Metern holt mich Aische ein. »Hey, Michelle, drehst du jetzt etwa genauso durch wie Valeska?«
»Keine Angst«, beruhige ich sie. »Ganz so schlimm ist es nicht. Aber ich hätte dir schon längst erzählen sollen, dass Shahid ... dass er ...«
»Dass er was?«
Und schon sprudelt die ganze Story aus mir heraus: dass Shahid mir nur was vorgespielt hat, dass er in Wirklichkeit in Valeska verknallt ist und dass ich ihm nicht gestanden habe, dass ich in Raoul verknallt bin.

»O Gott!«, ruft Aische kopfschüttelnd aus. »Das ist ja echt 'n Hammer! Aber wieso hast du Shahid nichts von Raoul erzählt? Jetzt macht er sich Vorwürfe, weil er dich reingelegt hat, und dabei war es umgekehrt ja wohl genauso. Das hättest du ihm sagen müssen.«

»Das meint Gudrun auch.«

»Welche Gudrun? Diese Friseurin?«

»Ja. Und weißt du, welchen Vorschlag sie gemacht hat? Dass ich Raoul mit Valeska verkuppeln soll und er dafür im Gegenzug mich und Raoul.«

Aische fängt an zu lachen. Doch plötzlich hält sie inne und knibbelt an ihrem linken Ohrläppchen herum. »Verkuppeln? Ja, warum nicht?«

»So 'n Quatsch!«

»Wieso denn? Überleg doch mal! Das wär gar keine so schlechte Idee. Wenn Shahid sie anbaggern würde, dann würde Valeska vielleicht von dem Typen loskommen, der sie in ein verlogenes Nervenbündel verwandelt hat. Oder glaubst du nicht, dass ein Junge dahinter steckt?«

»Keine Ahnung.«

»Hm, Shahid und Valeska . . .«, murmelt Aische nachdenklich. »Wir sollten echt versuchen die beiden zusammenzubringen. Bist du dir auch wirklich ganz sicher, dass du kein bisschen in Shahid verknallt bist?«

»Ja.«

Was ist denn das für ein komisches Kribbeln in meiner Wampe?

»Ja!«, bekräftige ich noch einmal, worauf das Kribbeln sofort verschwindet.

■

Eine halbe Stunde später stehe ich mit dem Telefonhörer in der Hand in unserem Flur und wähle Shahids Nummer. Ich komme bis zur vorletzten Zahl, dann lege ich schnell auf. Beim zweiten Versuch schaffe ich es immerhin bis zum ersten Tuten, ehe ich die Verbindung unterbreche. Der dritte und letzte Versuch verläuft genauso wie der erste.
Nein, ich kann nicht mit Shahid reden. Schuld daran ist mein dämlicher Abgang am Sonntag im Volksgarten. Statt zu gestehen, dass ich ihm ebenfalls was vorgespielt habe und wir damit sozusagen quitt sind, bin ich als beleidigte Leberwurst abgezischt. Wie soll ich ihm erklären, warum ich am Sonntag nicht genauso offen zu ihm gewesen bin wie er zu mir? Ich kann es mir ja nicht mal selbst erklären!
Zu blöd, dass ich nicht mit Val darüber reden kann. Sie hätte bestimmt eine Idee, wie ich Shalid mein Verhalten erklären soll. Wen könnte ich sonst noch um Rat bitten?
Gudrun!
Kurz entschlossen suche ich im Telefonbuch nach der Nummer ihres Friseursalons und rufe dort an. Ich erfahre von ihrem Chef, dass Gudrun heute frei hat, und bitte ihn um ihre Privatnummer. Er klingt zwar reichlich genervt, sucht sie aber trotzdem für mich raus. Ich bedanke mich und rufe Gudrun in ihrer Wohnung an.
Erst nach dem achten Klingeln hebt sie ab.
»Hallo! Hier ist Michelle!«
»Hi, Michelle!«, flüstert sie fast.
»Was ist los? Bist du heiser?«
»Nein.«
Sie schweigt. Hab ich sie vielleicht bei irgendwas gestört? Als ich sie danach frage, sagt sie wieder: »Nein.«
»Soll ich auflegen?«

Erst antwortet sie nicht und dann spricht sie plötzlich so schnell und so leise, dass ich ganz genau hinhören muss. Gudrun klingt total verstört.

»Der Freund meiner Mutter ist eben nach Hause gekommen, obwohl er eigentlich bis um acht arbeiten müsste. Jetzt ist er gerade auf dem Klo. Wenn ich nicht verschwinde, bin ich fast drei Stunden lang mit ihm allein. Eben hat er mich wieder so ekelhaft angeguckt. Also, ich muss sofort weg. Sei nicht böse. Ciao!«

Nachdem ich aufgelegt habe, gehe ich in mein Zimmer, lasse mich aufs Bett fallen, verschränke die Arme hinterm Kopf und denke nach – ausnahmsweise mal nicht über Raoul oder Shahid oder mich selbst.

5369

Beim Frühstück entschuldigt sich meine Mutter dafür, dass sie und mein Vater mir nicht die Sache mit dem Kleeblatt geglaubt haben.

»Ich hab gestern Abend Aisches Mutter angerufen und sie danach gefragt«, gesteht sie leicht nervös. »Denk jetzt aber bloß nicht, wir würden dir hinterherspionieren.«

»Nein, so was würdet ihr natürlich niemals tun!«

Mutter lacht. »Jedenfalls wissen wir jetzt, dass ihr tatsächlich schon so viel Geld für eure Spende gesammelt habt. Kannst du mir mal verraten, warum du uns noch nie was davon erzählt hast?«

Ich zucke mit den Schultern. »Weil ich euch sonst immer alles erzähle. Na ja, fast alles«, füge ich augenzwinkernd hinzu. »Und außerdem dachte ich, dass ihr sauer wärt, wenn ich mein Geld nicht für was Nützliches ausgebe, zum Beispiel für Blechspielzeug.«

Mutter wirft mir einen finsteren Blick zu. »Wofür hältst du uns eigentlich?«

Gute Frage! Bis Dienstag dachte ich, dass ich ziemlich langweilige Eltern hätte, die kinderleicht zu durchschauen wären und mich durch nichts mehr überraschen könnten. Aber seit ich meinen Vater mit seinen beiden Kolleginnen im Café beobachtet habe, dämmert mir langsam, dass mir ein Teil des Lebens meiner Eltern völlig unbekannt ist.

Und deswegen hab ich gestern Nachmittag was total Ver-

rücktes getan: Ich beschattete meine Mutter! Um halb drei verließ sie das Büro des Steuerberaters, bei dem sie zweimal in der Woche als Teilzeitsekretärin arbeitet. Mit etwa zwanzig Metern Abstand verfolgte ich sie durch die Straßen. Vielleicht gab es ja auch bei ihr irgendein Geheimnis zu entdecken.
Doch auf dem Nachhauseweg verlief alles normal. Mutter ging erst in eine Bäckerei, dann zum Metzger und schließlich in einen Supermarkt. Und dann setzte sie sich in die Bahn und fuhr heim.
Während ich meinen Kakao trinke, mustere ich sie unauffällig. Mit undurchdringlicher Miene rührt sie ihren Kaffee um. Meine Mutter ... Komisch, dass sie mir gleichzeitig so fremd und so vertraut ist, genau wie ich mir selbst. Zu gern würde ich sie mal fragen, warum sie eigentlich meinen Vater geheiratet hat. Irgendwie hab ich das Gefühl, dass die beiden überhaupt nicht zusammenpassen.
»Warum isst du nichts?«, fragt sie.
»Ich bin zu aufgeregt.«
»Weswegen?«
»Wegen Raoul. Es regnet nämlich, da fährt er bestimmt mit der Bahn. Seit Stefanies Fete hab ich ihn nicht mehr gesehen. Was soll ich machen, wenn er mich gleich kein einziges Mal anguckt? Ihm wieder auf den Fuß treten?«
Mutter begreift kein Wort von meinem Gerede. »Wer ist Raoul?«
»Das möchte ich auch gerne wissen.«
Ich stehe auf, nehme zwei Bananen aus der Obstschale, drücke meiner verdatterten Mutter einen Kuss auf die Stirn und verschwinde aus der Küche.

■

Warum bin ich nicht im Bett geblieben? Nichts, aber auch gar nichts läuft an diesem verkorksten Vormittag so, wie es laufen soll.
Ja, Raoul steigt in die Bahn und steht zehn Minuten lang direkt neben mir. Während mir fast die Augen rauskullern, weil ich ihn ununterbrochen anstarre, behandelt mich dieser Blödmann wie Luft! Dauernd glotzt er zu einer Schlampe hinüber, die mit gespreizten Beinen auf ihrem Sitz rumhängt. Sie hat genauso grüne Haare wie Gudrun und trägt einen bunten Minirock und darunter eine schwarze Strumpfhose mit zwei Laufmaschen. Ich versuche Raoul auf mich aufmerksam zu machen, erst mit Räuspern, dann mit lautem Geflöte, aber gegen Miss Breitbeinig habe ich null Chancen.
Dann in der Schule der Kotzbrocken Valeska . . .
Aische und ich wollen natürlich wissen, warum sie gestern nicht zu Hause war. Darauf reagiert Val mit einem regelrechten Tobsuchtsanfall. Fast hätte sie uns ein paar Ohrfeigen verpasst. Nachdem sie dann endlich wutschnaubend abgezischt war, ging sie uns bis zur letzten Stunde aus dem Weg – um sich dann später in der Bahn über ihren Anfall lustig zu machen und sich bei uns zu entschuldigen.
Ärger gab's auch im Englischunterricht. Der bescheuerte Text, den wir durchnahmen, handelte von einem Elefanten, der von seinem Leben im Urwald erzählt. Gegen Ende der Stunde fragte Frau Gretschmann ausgerechnet mich: »Kannst du dir denn jetzt nach der Lektüre vorstellen, Michelle, wie sich ein Elefant fühlt?«
Logisch: Brüllendes Gelächter brach über mich herein. Die Klasse kriegte sich kaum wieder ein. Selbst Aische und Valeska konnten sich das Grinsen nicht verkneifen. Um nicht

drauflosuheulen, fing ich ebenfalls an zu lachen und bombardierte dabei Frau Gretschmann mit bösen Blicken.
Tja, und nun sitze ich wieder in der Küche, allein. Vor mir ein Teller Linseneintopf und die Aussicht auf einen stinklangweiligen Nachmittag. Obwohl es mir überhaupt nicht schmeckt, schiebe ich mir einen Löffel nach dem andern in den Mund. Immer wieder muss ich daran denken, dass heute Freitag ist und sich die ganze Woche absolut nichts getan hat, weder mit Raoul noch mit Shahid oder Valeska. Wie öde das Leben vor sich hin plätschert – grausam! Und gleichzeitig sage ich mir, dass ich überhaupt keinen Grund habe mich zu beschweren. Erst gestern Abend erinnerte mich eine Fernsehreportage über Kinder in Ecuador daran, dass es mir gefälligst gut zu gehen hat. Ob ich mir immer noch den Kopf über Raoul und Shahid zerbrechen würde, wenn ich jeden Tag stundenlang ganze Müllhalden nach Essen durchwühlen müsste?
Das Telefon klingelt. Mit einer seltsamen Vorahnung eile ich in den Flur. Ja, das könnte Shahid sein!, sage ich mir und wundere mich darüber, wie sehr ich mich auf seine Stimme und seine Witze freue.
»Hallo, Michelle! Hier ist Frau Köster.«
Meine Basketballtrainerin!
»Ist irgendwas passiert?«, frage ich, ohne mir meine Enttäuschung anmerken zu lassen.
»Ja: Du bist am Sonntag nicht zum Spiel gegen Leverkusen erschienen. Und am Dienstag warst du nicht beim Training.«
»Na und? Hat mich etwa jemand vermisst?«
»Natürlich«, erwidert Frau Köster. »Ich wollte dich am

Sonntag für das Spiel gegen Neuss aufstellen. Aber nur, wenn du auch hundertprozentig kommst.«
»Ich bin nicht in Form.«
»Was soll das heißen?«
»Dass mich Basketball im Moment nicht besonders interessiert.«
»Aha. Und was interessiert dich im Moment besonders?«, fragt meine Trainerin leicht pikiert.
Dass die Sache mit Shahid endlich geklärt wird.
Frau Köster wiederholt ihre Frage.
»Nichts«, antworte ich nur, worauf sie sich kurz und knapp von mir verabschiedet.
Kaum ist sie aus der Leitung verschwunden, fische ich Shahids Visitenkarte aus der Jeans und wähle seine Nummer. Vor Nervosität muss ich dabei kichern. Warum hab ich mich nicht schon längst bei ihm gemeldet? Wie enorm wichtig es für mich ist, dass Shahid und ich uns mal richtig ausquatschen, wird mir erst jetzt richtig klar.
Nach dem fünften Klingeln hebt er ab.
»Hier ist Michelle«, sage ich mit einer Stimme, die ich selbst kaum wieder erkenne.
»Michelle? Du redest noch mit mir? Und ich dachte, ich wäre für dich gestorben.«
»Warst du auch.«
»Und jetzt bin ich von den Toten wieder auferstanden? Wahnsinn! Außer Jesus hat das bisher noch keiner geschafft. Was hältst du davon, wenn ich 'ne eigene Religion gründe?«
»Was hältst du davon, wenn wir uns gleich treffen?«
»Was hältst du von halb fünf am Burgplatz, direkt vor dem Schlossturm?«, schlägt Shahid ohne Zögern vor.

»Wieso denn ausgerechnet da?«
»Dort um die Ecke ist mein Hautarzt, bei dem ich um halb vier einen Termin habe.«
»Was willst du denn beim Hautarzt?«
»'ne helle Michael-Jackson-Haut, was sonst? Nee, Quatsch, ich hab 'ne Warze am Hintern. Vielleicht krieg ich sie heute weggeschnippelt. Dann kann ich mich nachher aber leider nicht auf deinen Schoß setzen. Also, bis später!«
»Tschüss!«
Nicht zu fassen: Die Quasselstrippe war ja noch aufgeregter als ich!

■

Auf der Fahrt in die Altstadt gucke ich immer wieder an mir herunter. Ich kann's einfach nicht fassen: Ich trage ein Kleid! Normalerweise hasse ich es meine fetten Stampfer zu zeigen, aber um Viertel vor vier kam ich plötzlich auf die Schnapsidee mich umzuziehen. Und jetzt sitze ich hier halb nackt in der Bahn, starre dauernd auf meine Beine und warte darauf, dass jemand bei meinem Anblick einen Lachkrampf bekommt. Wahrscheinlich halten die Leute sich nur deshalb zurück, weil ich aussehe, als würde ich auf eine Beerdigung fahren: schwarze Schuhe, schwarze Strumpfhose, schwarzes Kleid, schwarzer Anorak. Herzliches Beileid, Michelle!
Mit höchst gemischten Gefühlen steige ich an der Flinger Straße aus und mache mich auf den Weg zum Burgplatz. Klar, ich bin happy, dass Shahid und ich uns gleich treffen. Aber gleichzeitig hab ich auch Angst – und zwar davor, dass ich es wieder nicht schaffe ihm die Sache mit Raoul zu erzählen.

Shahid wartet schon vor dem Schlossturm auf mich. Nachdem er mich entdeckt hat, setzt er sich in Bewegung. Er trägt eine ulkige gelbe Latzhose, einen dicken roten Rollkragenpulli und einen offenen grünen Mantel.
»Na, ist die Warze noch dran?«, rufe ich ihm entgegen.
Er zeigt auf seinen Kopf. »Meinst du die riesige hier auf meinen Schultern?«
»Nee, die andere.«
»Ja, die ist auch noch dran. Hallo!«
Er gibt mir die Hand, verzieht aber keine Miene dabei.
»Schönen Gruß von Valeska!«, sage ich idiotischerweise.
»Echt?«
Ich schüttle den Kopf. »War nur 'n Witz.«
Aber kein besonders lustiger ...
Shahid vergräbt die Hände in den Manteltaschen und guckt zum Schlossturm hinauf.
»Sollen wir am Rhein entlangspazieren?«, schlage ich vor.
»Von mir aus.«
Schweigend überqueren wir den Platz, gehen die Stufen hinunter und dann am Ufer entlang in Richtung Landtag. Der Himmel ist grau, aber es regnet nicht mehr.
»Igitt!«, schimpft Shahid und hält die Luft an.
Der Wind bläst die Abgase eines Schiffs herüber, das gerade an uns vorbeizieht.
Ich winke ab. »Es gibt Ekelhafteres als diesen Mief.«
»Ach.«
»Ja, mich zum Beispiel.« Das klingt zwar wie im Kino, aber ich will ohne Umschweife zur Sache kommen. »Erinnerst du dich an diesen Schönling, der letzte Woche auf Stefanies Fete ganz zum Schluss aufgekreuzt ist?«
»Raoul?«

»Woher kennst du seinen Namen?«, frage ich erstaunt.
»Als ich mir in der Küche noch ein Stück Pizza holte, haben wir uns 'ne Weile unterhalten. Ich war echt enttäuscht, weil der Typ so helle war.«
»Hä?«
»Na ja, wenn ich jemanden treffe, der tausendmal besser aussieht als ich, stelle ich mir vor, dass ich dafür tausendmal intelligenter bin. Aber dieser Raoul hat mehr in der Birne als ich und könnte trotzdem sofort bei jeder Boygroup einsteigen.«
»Ich bin verliebt in ihn.«
O Gott, wie sich das anhört!
»Moment mal!« Shahid bleibt stehen und pult mit den Zeigefingern in seinen Ohren herum. »So, und jetzt wiederhole bitte den letzten Satz noch mal! Ich glaube, ich hab da was falsch verstanden.«
Ich schüttle den Kopf. »Hast du nicht. Und weißt du, wieso ich dich auf der Fete geküsst habe? Nur wegen Raoul!«
Shahid ist baff. »Du meinst, du ... du ...«
Plötzlich fällt er vor mir auf die Knie, presst meine Hände an seine Backen und schluchzt: »Du bist also nicht in mich verknallt? Du liebst also gar nicht mich?« Genauso plötzlich springt auf und sagt cool: »Ach ja, ich liebe dich ja auch nicht. Wie konnte ich das nur vergessen?«
»Du bist vielleicht ein Spinner! Die Leute gucken schon ganz blöd.«
»Na und? Du liebst Raoul und ich liebe mein Publikum.«
»Und Valeska.«
Er grinst. Wir gehen weiter. Shahid kickt kleine Steinchen ins Wasser. Dann hält er sich die Nase zu, weil uns wieder ein Schiff überholt.

Und schließlich kommt die Frage, auf die ich immer noch keine Antwort weiß, obwohl ich mir die ganze Woche Gedanken darüber gemacht habe.
»Wieso hast du mir das mit Raoul nicht schon am Sonntag erzählt?«
Ich stoße einen Seufzer aus. »Keine Ahnung«,
»Weil du etwa doch in mich verknallt bist?«
»Genau«, erwidere ich scherzhaft. »Aber leider habe ich ja keine Chance bei dir, weil ich nicht so schön bin wie Valeska.«
»Das hat damit überhaupt nichts zu tun«, behauptet er.
»Ich bin also genauso schön wie Valeska?«
»Na ja, auf den ersten Blick nicht«, windet er sich. »Und ... äh ... auf den zweiten eigentlich auch nicht. Aber dafür bist du echt witzig«, fügt er schnell hinzu, weil er wohl Angst hat, ich könnte gleich in Tränen ausbrechen.
»So?«
»Ja, du bist sogar fast so witzig wie ich! Und außerdem kann man super mit dir quatschen. Du gackerst nicht dauernd blöde rum, so wie die albernen Zicken in unserer Klasse.« Er macht ein nachdenkliches Gesicht und knibbelt an seinem Kinn herum. »Warte mal, welche Komplimente hatte ich denn noch für dich auswendig gelernt? Ach ja: Du kannst unheimlich gut küssen. Ich hätte fast deine Zunge verschluckt.«
»Idiot!«, knurre ich und muss grinsen.
»Okay, jetzt haben wir beide also die Karten auf den Tisch gelegt. Und wie geht's nun weiter?«
»Ganz einfach: Ich verkupple dich mit Valeska und du mich mit Raoul.«
Er reißt die Augen auf und starrt mich verdattert an. »Hab

ich dir eigentlich schon gesagt, dass mein Vater Gehirnchirurg ist?«
»Ja, warum?«
Er zeigt auf meinen Kopf. »Wer sich so einen schwachsinnigen Verkupplungskäse ausdenkt, sollte sich da oben mal operieren lassen.«

5371

Von wegen Verkupplungskäse!
Mit einem Blumenstrauß in der Hand und seinem Freund im Schlepptau steht Shahid nur achtundvierzig Stunden später vor unserer Wohnungstür und knabbert nervös auf seiner Unterlippe herum.
»Keine Angst, Valeska ist nicht hier«, beruhige ich ihn. »Wir holen sie gleich ab. Du bist Anwar, stimmt's?«
»Und du Michelle«, krächzt er.
»Anwar hat sich die Stimme gebrochen«, erklärt Shahid. »Warum lässt du uns nicht rein? Weil wir nach Lagerfeld stinken?«
Ich schnuppere. »Igitt, habt ihr etwa in dem Zeug gebadet? Los, hereinspaziert!«
Im Flur zeige ich auf den Strauß. »Ist der für Val?«
Shahid nickt. »Anwar meint allerdings, das wäre zu peinlich. Darum will ich das Gemüse lieber deiner Mutter schenken. Wo ist sie denn?«
»Meine Eltern sind auf einem Trödelmarkt. Her damit!«
Ich wickle die Blumen aus dem Papier. »Wow, rote Rosen! Da wird sie sich bestimmt drüber freuen. Wartet mal 'ne Sekunde.«
Nachdem ich die Rosen ins Wasser gestellt habe, führe ich die beiden in mein Zimmer.
»Willkommen in der Michael-Jackson-Gedächtniskirche!«, sagt Shahid und betrachtet verächtlich die Poster an den

Wänden. »Du kannst dich ruhig darüber lustig machen, Anwar. Michelle kriegt keinen Anfall, wenn wir an Jackos Denkmal pinkeln.«
Unruhig tigert Shahid von einer Ecke in die andere, während sich Anwar mit verschränkten Armen aufs Fensterbrett hockt. Er ist einen Kopf kleiner als Shahid und genauso schlank, hat schulterlange schwarze Haare und trägt eine weiße Jeans und eine schwarze Lederjacke. Shahid dagegen hat sich mächtig in Schale geschmissen: halbhohe schwarze Lackschuhe, dunkelblaue Bundfaltenhose, beigefarbener Trenchcoat und weinroter Schal.
»Ist der aus Seide?«, frage ich Shahid.
»Nee, aus Paris. Hoffentlich reißt er nicht, wenn ich mich nachher aufhänge. Dieses Treffen wird doch garantiert eine Katastrophe, wetten? Was hat Valeska eigentlich gesagt, als du –«
»Mein Gott!«, stöhne ich. »Das hab ich dir doch schon gestern am Telefon erzählt, und zwar mindestens vier Mal! Erst hatte Val keine Lust sich mit uns zu treffen. Aische und ich mussten sie überreden. Zum Glück kam Aische dabei auf die Idee mit dem Eishockeyspiel. 'ne Zeit lang ist Val nämlich jede Woche ins Eisstadion gegangen. Hast du denn genug Geld für die Karten mit?«
»Klar.« Er guckt an sich herunter und macht ein düsteres Gesicht. »Eigentlich bin ich eher für die Oper als fürs Eisstadion angezogen.«
»Hab ich dir vorhin schon gesagt«, meint Anwar, der auf einer Haarsträhne herumkaut.
Shahid bleibt vor mir stehen. »Okay, was muss ich gleich besonders beachten? Kann Valeska irgendwas nicht leiden?«

»Ja: Lügen. Also komm bloß nicht wieder mit der Story über deine zwanzig Geschwister und deinen Tellerwäscher-Vater.«
»Diese Story war übrigens von Anwar ausgeliehen«, gesteht Shahid. »Er lebt wirklich mit einem Haufen Geschwister in einer kleinen Wohnung.«
»Hör auf, sonst muss ich gleich flennen«, krächzt Anwar.
»Und sein Vater ist tatsächlich Tellerwäscher.«
»Quatsch!« Anwar rutscht vom Fensterbrett. »Mein Vater ist Hilfskoch.«
»Echt? Seit wann?«
»Mach ja keine Witze über Russland«, ermahne ich Shahid. »Die musste sich Val jahrelang anhören und reagiert deshalb total sauer darauf. Valeska ist nämlich Russlanddeutsche.«
Shahid grinst. »Dann passen wir ja super zusammen! Ich bin England-Paki-Deutscher – von pakistanisches Mami in London geboren und gewachsen auf in Düsseldorf.«
Anwar gähnt. »Verschone uns bloß mit deiner Lebensgeschichte. Wann hauen wir ab?«
Ich schaue auf meine Armbanduhr. »Jetzt.«
»O Gott!« Shahid flitzt zur Tür. »Ich muss pinkeln!«

■

Zehn Minuten später klingeln wir bei Aische.
»Bin gleich unten!«, ruft sie in die Sprechanlage.
Als sie kurz darauf aus dem Haus kommt, starrt sie Shahid entgeistert an und lacht sich dann über sein Outfit kaputt.
»Warum hast du dir nicht gleich einen Frack angezogen?«, gackert sie. »Würde mich wundern, wenn du in diesen

feinen Klamotten überhaupt ins Eisstadion gelassen wirst. Und wer bist du?«

»Ich Anwar. Du Aische?«

Aische lächelt ihn an. Anwar lächelt zurück.

»Tu mir einen Gefallen!«, bittet Shahid seinen Freund. »Versuch nicht witzig zu sein. Sonst muss ich noch bessere Gags machen als du und das schaffe ich heute einfach nicht.«

»Okay, Kumpel!«

Wir setzen uns in Bewegung, die beiden Jungs voran, Aische und ich hinterher. Je näher wir Valeskas Haus kommen, desto zappeliger wird Shahid. Er fummelt an seinem Schal herum, fährt sich dauernd durch die Haare, massiert seine Ohrläppchen und knöpft immer wieder seinen Mantel auf und zu.

»Bin mal gespannt, wie Valeska drauf ist«, murmelt Aische. »Gestern hielt ich das Treffen noch für 'ne gute Idee, aber heute . . .« Sie zuckt mit den Schultern. »Sie merkt doch sofort, was mit Shahid los ist. Hätten wir ihr gestern nicht verraten sollen, dass er in sie verknallt ist?«

»Dann wäre sie heute nicht mitgekommen. Jetzt links rein!«, kommandiere ich laut, worauf sich Shahid zu mir umdreht und fragt: »Soll ich nicht schnell nach Hause fahren und mir was Normaleres anziehen?«

»Dann kommen wir zu spät zum Eishockey. Außerdem hat dich Val schon gesehen.« Ich zeige auf das Haus schräg gegenüber. Im zweiten Stock steht Valeska auf ihrem Balkon und winkt uns zu.

»Ach du Scheiße!«, zischt Shahid. »Hoffentlich kriegt sie nicht auch einen Lachkrampf, wenn sie gleich runterkommt.«

Wir überqueren die Straße, bleiben vor Vals Haustür stehen und warten. Shahid knetet seine Finger und wirft mir dabei einen Hilfe suchenden Blick zu. Klar, ich weiß genau, wie er sich fühlt – so wie ich mich morgens in der Bahn, kurz bevor Raoul einsteigt.
»Wird schon schief gehen«, versuche ich ihn aufzumuntern.
Er guckt mich entsetzt an. »Was? Es wird schief gehen? Dann haue ich lieber ab. Ciao!«
»Hier geblieben, du Feigling!« Lachend halte ich ihn am Kragen fest. »Und fall gleich bloß nicht auf die Knie. Valeska hasst es angehimmelt zu werden.«
»Darf ich ihr denn wenigstens die Schuhe ablecken?«
»Du bist unmöglich!«
Anwar flüstert Aische was ins Ohr, worauf die beiden einen verschwörerischen Blick wechseln. Ehe ich sie fragen kann, was es da zu tuscheln gibt, kommt Val aus dem Haus und drückt Aische und mir ein paar Begrüßungsküsschen auf die Wange.
»Hat noch was gedauert, weil meine Mutter mir unbedingt was erzählen wollte«, erklärt sie anschließend und nickt dann Anwar zu. »Hi, ich bin Valeska!«
»Und ich bin Anwar.«
Val wendet sich Shahid zu. »Wir kennen uns ja schon von der Fete.«
Anscheinend hat Vals Anblick Shahid die Sprache verschlagen. Er nickt nur unbeholfen und kratzt sich dann so heftig am Hals, als wolle er sich die Haut abreißen.
»Wie war noch mal dein Name?«, fragt Val ihn.
»Shahid. Aber du kannst mich ruhig Shahid nennen.«
Prompt zieht Val eine Schnute. »Echt witzig! Hoffentlich

muss ich mir jetzt nicht den ganzen Nachmittag solche tollen Sprüche anhören. Los, beeilen wir uns, sonst kriegen wir vielleicht keine Karten mehr.«
Mit großen Schritten marschiert sie in Richtung Haltestelle, gefolgt von Aische und Anwar, die sich schon wieder etwas zuflüstern.
Shahid steht da wie ein Häufchen Elend.
»Das fängt ja gut an!«, brummt er und setzt sich dann langsam in Bewegung. »Valeska kann mich überhaupt nicht leiden.«
»Blödsinn!«, widerspreche ich. »Sie muss dich erst mal näher kennen lernen.«
»Und dann?«
»Dann kann sie dich wahrscheinlich erst recht nicht leiden. Nein, vergiss es!«, füge ich schleunigst hinzu, weil Shahid total geknickt aussieht. »Das war nur ein Witz. Sei doch nicht total verkrampft, Mann! Wieso bist du denn nicht so locker drauf wie vorgestern am Rhein?«
»Ja, das war echt lustig«, seufzt er.
Und dann geschieht etwas höchst Seltsames: Shahid streicht mir ganz sanft über den Hinterkopf, genauso wie der Opa seiner Enkelin in dieser tranigen Hustensaftwerbung.
Nanu!, denke ich verwirrt und lächle Shahid an. Doch der hat nur Augen für Valeska und wahrscheinlich gar nicht mitgekriegt, wie zärtlich er mich gerade gestreichelt hat.

■

In der Bahn versucht Shahid ein ganz normales Gespräch mit Valeska zu führen – ohne Gags, ohne ironische Kommentare und ohne seine üblichen Grimassen. Doch wenn er nicht den Komiker spielen darf, wird Shahid leider zu einem üblen Langweiler. Valeska beantwortet zwar alle seine Fragen über die Schule und ihren Tischtennisverein, aber dabei lässt sie sich deutlich anmerken, wie öde sie ihn findet. Ich weiß nicht, über wen von beiden ich mich am meisten ärgern soll: über Shahid, weil er sich in einen völlig anderen Menschen verwandelt hat, oder über Valeska, weil sie kein bisschen nett zu ihm ist.

Als sich Shahid nach der Note von Vals letzter Englischarbeit erkundigt, stöhnt sie genervt: »Mein Gott! Können wir nicht mal über was anderes reden? Heute ist Sonntag! Da will ich nicht dauernd an die blöde Schule erinnert werden.«

»Entschuligung«, sagt Shahid. Außer mir kriegt den Gag keiner mit.

Nun folgt ein längeres peinliches Schweigen. Alle gucken eifrig aus dem Fenster und tun so, als gäbe es irgendwas Interessantes zu sehen. Schließlich wendet sich Aische zu Anwar und fragt. »Warst du denn schon mal im Eisstadion?«

»Nee. Eishockey finde ich ätzend.«

»Ich eigentlich auch«, gesteht Aische.

»Hä? Warum fahren wir dann überhaupt zu dem Spiel?«, wundert sich Val. »Damit ich mir zwei Stunden lang anhören muss, wie bescheuert ihr Eishockey findet?«

»Wir können ja was anderes machen«, schlage ich vor. »Sollen wir uns 'ne Pizza holen und dann durch den Zoopark spazieren?«

Endlich lässt Valeska ein Lächeln sehen. »Ja, gute Idee! Heute scheint ja auch ausnahmsweise mal die Sonne. Oder willst du unbedingt ins Stadion, Shahid?«

Er schüttelt den Kopf. »Ich will das, was du willst.«
Valeska runzelt die Stirn.
»Ich nehme 'ne Spinatpizza«, sage ich schnell, ehe sich Val über Shahids letzte Bemerkung aufregen kann. »Und zwar mit jeder Menge Knoblauch. Das Zeug ist echt gesund.«
»Aber nicht für meine Nase«, sagt Shahid. Aische und Anwar grinsen, aber Val verzieht keine Miene. Shahid senkt betrübt den Kopf.
»Diese schicken Klamotten stehen dir richtig gut.«
Diesen Satz hätte Shahid zwar sicher lieber von Val gehört statt von mir, aber er freut sich trotzdem so sehr darüber, dass er mir einen dankbaren Blick zuwirft.
An der nächsten Haltestelle steigen wir aus und machen uns auf den Weg zur Pizzeria.
»Ich lade euch ein!«, verkündet Shahid.
»Wieso?«, fragt Valeska. »Gibt's irgendwas zu feiern?«
»Nein, ich will nur damit angeben, dass ich massig viel Kohle hab.«
Auch dieser Spruch kommt nicht besonders gut bei Val an. Und darum hält Shahid von nun an die Klappe und überlässt das Reden Aische und Anwar. Erstaunlich, dass die sich so viel zu erzählen haben! Sie kennen sich ja erst seit einer halben Stunde. Ich wäre nicht überrascht, wenn es zwischen den beiden gefunkt hätte . . .
In der Pizzeria findet Shahid die Sprache wieder. Mit einem irre komischen Phantasie-Italienisch bringt er uns und die zwei Typen hinter der Theke zum Lachen. Nicht zu fassen: Sogar Valeska kann sich ab und zu das Kichern nicht verkneifen! Shahid strahlt über beide Backen und lässt haufenweise Gags vom Stapel.
Draußen auf der Straße bittet ihn Val mit den Witzen

aufzuhören. »Sonst verschluck ich mich noch an meiner Pizza.«
»Ihre Wunsche iste mire eine Befehl, Signorina!«, erwidert Shahid mit einer schwungvollen Verbeugung, bei der ihm fast seine Margherita aus der Hand fällt.
Mampfend gehen wir Richtung Zoopark, der so heißt, weil es da vor sechzig Jahren mal einen Zoo gegeben hat. Unterwegs kommen wir am Eisstadion vorbei. An den Kassen stehen endlose Schlangen.
»Ein Glück, dass wir uns hier nicht anstellen müssen«, sagt Aische, schiebt sich den letzten Bissen in den Mund und meint kauend: »Zum Nachtisch könnte ich noch 'ne Funghi vertragen.«
»Bitte sehr!« Anwar bietet ihr den Rest seiner Pizza an. »Warum guckst so? Willst du etwa nichts futtern, was ich schon angeknabbert habe? Keine Angst – meine drei Pickel sind nicht ansteckend!«
»Blödmann!«, erwidert Aische, nimmt die Pizza und beißt hinein.
Valeska grinst mich an. »Na, sind sie nicht süß, die beiden? In spätestens zehn Minuten haben die sich abgeseilt, wetten?«
Aische reagiert zwar darauf mit einem finsteren Blick, aber kaum hat sie Anwars Pizza verdrückt, zeigt der hinüber zum Spielplatz und fragt: »Sollen wir schaukeln?«
»O ja! Kommt ihr mit?«
»Spinnst du?«, sagt Val. »Wir wolllen euch doch nicht stören. Viel Spaß!«
»Geht ruhig weiter«, meint Aische. »Wir holen euch gleich wieder ein.«
Nachdem sie und Anwar verschwunden sind, meint Val:

»Die sehen wir heute bestimmt nicht mehr wieder. Drehen wir 'ne Runde um den Teich?«
»Okay«, antworten Shahid und ich im Chor.
Während wir in gemächlichem Tempo den Weg entlangspazieren, überlege ich, ob ich mich nicht einfach verkrümeln und die beiden alleine lassen soll. Allerdings bin ich mir nicht sicher, ob Valeska allzu begeistert darüber sein würde. Seit wir die Pizzeria verlassen haben, ist sie zwar nicht mehr so biestig zu Shahid, besonders interessiert scheint sie jedoch auch nicht an ihm zu sein. Eben wollte sie von ihm wissen, was sein Vater macht. Shahid erzählt ihr von seinem Job als Gehirnchirurg und reißt dabei einen guten Witz nach dem anderen. Und Valeska? Die guckt total geistesabwesend vor sich hin und hört überhaupt nicht richtig zu.
»Sollen wir uns setzen?«, unterbricht sie plötzlich Shahid und steuert auf eine Bank zu. »Ich hab keine Lust mehr auf die Latscherei.«
Sie lässt sich auf der linken Seite der Bank nieder. Damit Shahid, der sich gerade einen Schuh zuschnürt, neben seiner großen Flamme sitzen kann, hocke ich mich auf die rechte Seite und lasse den Platz in der Mitte für ihn. Sofort funkelt mich Valeska angriffslustig an.
»Was soll der Scheiß?«, faucht sie. »Warum setzt du dich nicht neben mich?«
»Weil du seit einer Woche nicht geduscht hast«, versuche ich zu scherzen, rutsche neben Valeska und schnuppere an ihren Achseln. »Riecht fast so widerlich wie Shahids Parfum.«
»Fängst du jetzt auch an mit diesen dämlichen Witzen?«
»Komm, reg dich ab!«

»Ich hätte diesen ganzen Quatsch erst gar nicht mitmachen sollen«, meckert sie weiter. »Für wie dämlich haltet ihr mich eigentlich? Meinst du, ich weiß nicht, was hier läuft?«
Mittlerweile hat sich Shahid neben mich gesetzt und spielt nervös mit seinem Schal.
Ich setze eine Unschuldsmiene auf. »Und was soll das sein, was hier läuft, wenn ich mal fragen darf?«
»Du willst mir deinen Komiker andrehen, aber das kannst du vergessen, kapiert? Wenn ich Lust auf dumme Sprüche hab, gucke ich mir 'ne Comedy-Sendung an.«
»O Mann, jetzt krieg hier bloß keinen Anfall!«
»Leck mich!«, zischt Valeska, springt auf und haut einfach ab.
Seufzend schaue ich ihr hinterher. Es wäre sinnlos sie aufzuhalten. Eine wütende Valeska kann man höchstens mit einer Zwangsjacke beruhigen.
»Tja, dumm gelaufen«, murmle ich, ohne Shahid dabei anzusehen. Er lässt nämlich so seltsame Geräusche hören, als würde er leise weinen. Oder ist das etwa seine Gurgel, die ununterbrochen Speichel runterschluckt?
Da springt Shahid plötzlich ebenfalls auf und brüllt: »Du hast genau gewusst, dass dein beschissener Plan nicht funktioniert, du dumme Kuh!«
Ehe ich was darauf antworten kann, dreht er sich um und stapft davon.
Noch eine halbe Stunde lang bleibt die Kuh auf der Bank sitzen und muht traurig vor sich hin.

5372

Auf diesen verkorksten Sonntag folgt ein fast ebenso unerfreulicher Montag. Schon beim Frühstück nervt mich meine schlecht gelaunte Mutter mit pausenlosen Fragen. Hatten meine Eltern nicht großartig angekündigt in Zukunft nicht mehr so neugierig sein zu wollen? Daran kann sich Mutter anscheinend nicht mehr erinnern. Dass ich keine Lust auf so ein Verhör habe und stur vor mich hin schweige, verbessert natürlich ihre miese Stimmung nicht.

Erheblich besser drauf ist Aische, die mir an der Haltestelle um den Hals fällt und dann nicht mehr aufhört von Anwar zu schwärmen. Valeskas und Shahids bühnenreife Abgänge hab ich ihr schon gestern Abend am Telefon geschildert, aber Aische regte sich nicht weiter darüber auf. Sie ist bis über beide Ohren in Anwar verknallt. Wenn er nicht im entscheidenden Augenblick gekniffen hätte, dann hätten sie sich gestern schon geküsst.

»Aber das holen wir heute nach.« Sie strahlt über beide Backen. »Und mach dir keine Sorgen wegen Val. Klar, sie wird uns heute und morgen links liegen lassen, aber spätestens am Mittwoch hat sie sich wieder eingekriegt. Shahid ist jedenfalls von ihr geheilt und hat sie endgültig abgehakt.«

»Woher weißt du das?«, frage ich sie verblüfft.

»Von Anwar. Er hat mich vorhin angerufen. Und zwar nur, weil er unbedingt meine Stimme hören wollte. Ja, das hat er gesagt! Gestern Abend ist Shahid bei ihm aufgekreuzt und hat sich ausgeheult. Also ich kapier echt nicht, warum er bei Val abgeblitzt ist. Er ist doch riesig nett, findest du nicht auch?«

»Ja, ja«, antworte ich nur und denke daran, wie riesig nett sich Shahid gestern im Zoopark von mir verabschiedet hat.

In der Bahn entdecke ich die Tussi mit den grünen Haaren, die Raoul letzte Woche so beeindruckt hat. Sie trägt schon wieder denselben Minirock und dieselbe Strumpfhose mit den zwei Laufmaschen; höchstwahrscheinlich läuft sie auch noch im selben Slip herum. Soll Raoul sie doch anstarren, bis ihm die Augen auf die Zehen kullern! Mir ist heute so ziemlich alles egal.

Von wegen!

Kaum hält die Bahn an der Uhlandstraße, verrenke ich mir fast die Rübe auf der Suche nach ihm. Schließlich sind jede Menge dunkler Wolken am Himmel und bei Regen fährt Raoul ja nicht mit dem Rad zur Schule.

Und da steigt er tatsächlich ein und kommt näher. Wahnsinn: Er setzt sich auf den freien Platz schräg gegenüber! Obwohl ich unbedingt cool bleiben wollte, genügt Raouls Anblick, um meinen Körper verrückt spielen zu lassen. Schweißausbrüche, Herzklopfen, Magenflattern – ich kann absolut nichts dagegen tun.

Während Aische unentwegt von ihrem Anwar plappert, starre ich Raoul an und will ihn durch Hypnose dazu zwingen, seinen Kopf in meine Richtung zu drehen. Doch dieser Mistkerl glotzt nur Miss Laufmasche an. Zerrissene Klamotten müsste man haben!, denke ich verzweifelt. Und grüne Haare. Dann hätte ich vielleicht Chancen, dass Raoul mich mal wieder anguckt.

Immerhin gibt's beim Aussteigen einen kleinen Lichtblick. Nachdem ich den rechten Ellenbogen gegen Raouls Hüfte gestoßen habe (natürlich total unabsichtlich, hehehe!), fährt er herum und will sich beschweren. Doch plötzlich erkennt er mich wieder, lächelt mich an und sagt: »Na? Was macht dein witziger Freund?«
»Witze«, antworte ich Idiotin und beiße mir sofort auf die Zunge.
Raoul nickt mir zu, verlässt die Bahn und verschwindet im Gewühl.
Warum hab ich ihm nicht gesagt, dass Shahid gar nicht mein Freund ist?
»Du bist ja ganz blass«, stellt Aische fest.
»Ich bin auch ganz blöd«, knurre ich und erzähle ihr dann von dem kurzen Gespräch mit Raoul.
Aische legt einen Arm um meine Schulter. »Mensch, vergiss doch endlich diesen eingebildeten Schönling! Warum verliebst du dich nicht in Shahid? Glaub mir: Pakistanis sind die nettesten Typen auf der Welt.«
»Na hör mal!«, erwidere ich grinsend. »Ich dachte immer, du hast was gegen Vorurteile.«

■

Am Nachmittag fahre ich in die Stadt, um mir einen neuen Füller zu kaufen. Da mir Mutter nur einen Zehner in die Hand gedrückt hat, muss ich im Woolworth nicht lange überlegen, welchen Füller ich nehmen soll. Das Geld reicht nur für den billigsten.
Danach spaziere ich noch ein bisschen durch die Altstadt. Als mir auf der Bolker Straße ein Mädchen mit kurzen lila

Haaren entgegenkommt, hab ich plötzlich eine verrückte Idee. Kurz entschlossen mache ich mich auf den Weg zu Gudruns Friseursalon.

Im Schaufenster hängt immer noch das Schild mit der Aufschrift *Modell gesucht*. Ob das auch bedeutet, dass Gudrun mir umsonst die Haare färben kann? Ich linse in den Laden, in dem gerade kaum was los ist, kann Gudrun aber nirgends entdecken. Vielleicht hat sie heute frei. Soll ich reingehen und mich erkundigen? Fragen kostet nichts, nur ein bisschen Überwindung.

Gudruns Chef steht hinter der Kasse und wirft mir einen mürrischen Blick zu, als ich die Tür öffne. Mutig marschiere ich auf ihn zu.

»Ist Gudrun da?«

»Gudrun!«, brüllt er nach hinten und eilt dann mit einem schmierigen Lächeln einer älteren Dame entgegen, die soeben den Laden betreten hat.

Ich höre Schritte auf der Kellertreppe.

»Hey, was machst du denn hier?«, begrüßt mich Gudrun, die kauend aus dem Aufenthaltsraum kommt. »Ich hab gerade Pause.«

»Ich wollte dich fragen, ob du mir die Haare genauso grün färben kannst wie deine. Umsonst natürlich«, füge ich hinzu.

»Klar, kein Problem. Komm rüber zum Becken.«

Beim Haarewaschen wundere ich mich über Gudruns Schweigsamkeit. Und als sie mich zu einem Schneideplatz führt, den Umhang zuknotet und sich Plastikhandschuhe anzieht, sagt sie auch nur das Nötigste.

»Was ist los?«, frage ich sie leicht verunsichert. »Wieso behandelst du mich wie 'ne x-beliebige Kundin?«

Sie lacht leise und greift nach einer Farbtube.
»Tut mir Leid, Michelle. Ich bin heute ziemlich daneben. Gestern war so ein Scheißtag!«
»Bei dir auch? Ich hab 'ne richtige Katastrophe erlebt.«
»Erzähl!«
Während mir Gudrun die Farbe aufträgt, erzähle ich ihr von dem großartigen Sonntagsausflug in den Zoopark.
»Und ich bin dran schuld«, seufzt sie, als ich fertig bin. »Schließlich war dieser Verkupplungsversuch ja meine Idee, stimmt's?«
»Immerhin war der Versuch ja teilweise erfolgreich, nämlich bei Aische und Anwar. Valeska war allerdings so sauer, dass sie heute in der Schule kein Wort mit uns gesprochen hat. Und was ist bei dir gestern schief gelaufen?«, frage ich Gudrun.
Ihre Miene verdüstert sich. »Erinnere mich nicht daran.«
Ich hake nicht weiter nach. Doch nach ein paar Minuten fängt Gudrun von alleine damit an. Sie redet so leise, dass ich ganz genau hinhören muss.
»Es gab Riesenzoff mit meiner Mutter. Ich hab mich über ihren Freund beschwert. Sie glaubt kein Wort davon, dass er mich immer so fies anguckt. Ich würde mir das bloß einbilden. Hat die 'ne Ahnung! Ich trau mich nur noch nach Hause, wenn ich genau weiß, dass sie da ist. Keine Sekunde mehr will ich mit diesem Arschloch alleine in der Wohnung sein! Warum hab ich kein Geld, verdammte Scheiße? Ich muss unbedingt ausziehen, sonst fällt diese Sau irgendwann mal mit besoffenem Kopf über mich her.«
Sie hat Tränen in den Augen. Ich weiß nicht, was ich sagen soll. Schweigend setzt Gudrun ihre Arbeit fort.
»So, jetzt muss es nur noch trocknen. Bin gleich wieder da.«

Sie verschwindet die Treppe hinunter in den Aufenthaltsraum und kommt erst zehn Minuten später wieder zurück. Nachdem sie einer wartenden Kundin eine Tasse Kaffee serviert hat, muss sie einem Typen im grauen Anzug die Haare waschen. Anschließend ruft sie ihr Chef, dem sie bei einer Dauerwelle helfen soll.

»Sorry, dass ich so wenig Zeit für dich habe«, entschuldigt sie sich, als sie endlich wieder bei mir aufkreuzt und mir den letzten Schliff verpasst. »Und? Zufrieden?«

Ich nicke. »Meine Eltern werden tot umfallen.«

»Sei froh, dass sie sich über solche Kleinigkeiten überhaupt aufregen. Daran siehst du, wie gern sie dich haben. Meiner Mutter ist es sogar schnuppe, ob ich vergewaltigt werde oder nicht«, fügt sie bitter hinzu. Dann zwingt sie sich zu einem Lächeln, kneift mich in die Backe und sagt: »Aber jetzt mach dir bloß nicht so große Sorgen um mich. Ich komm schon irgendwie klar, okay?«

»Okay.«

Beim Abschied umarmen wir uns.

»Lass dich mal wieder sehen!«

»Und ob!«, antworte ich und zeige auf meine Birne. »Wir Grünen müssen doch zusammenhalten.«

■

Nur zwei Straßen weiter laufe ich Tante Margret in die Arme.

»O Gott!«, kreischt sie und starrt meine Haare an. Dann fängt sie an zu lachen.

»Gefalle ich dir? Ich komm gerade vom Friseur.«

»Ich hoffe, du hast schon deine Koffer gepackt.«

»Wieso?«
»Wenn deine Eltern das sehen, stecken sie dich garantiert ins Heim. Hast du Lust auf einen Kakao und ein Stück Kuchen?«
»Auf Kuchen hab ich immer Lust!«
Margret hakt sich bei mir ein. »Dann gehen wir in mein Lieblingscafé auf der Kö. Oder hast du keine Zeit?«
»Zeit ist so ziemlich alles, was ich habe.«
»Na, das klingt aber nicht besonders fröhlich. Ist dir am Wochenende irgendwas über die Leber gelaufen?«
»Ja: meine beste Freundin und ein pakistanischer Komiker.«
»Klingt spannend!«
Ich hole tief Luft und erzähle zum zweiten Mal an diesem Nachmittag die Geschichte von Valeska und dem unsterblich verliebten Shahid, der sich erst eine Abfuhr von seiner angebeteten Prinzessin holte und anschließend seinen Frust bei der Megatonne Michelle ablud.
»Möchtest du einen Rat von mir haben?«, fragt Tante Margret, als ich fertig bin.
»Hast du denn einen?«
»Nö. Wenn ich was von Liebe verstehen würde, wäre ich schon längst verheiratet und hätte vier Kinder.«
Im Café bestelle ich mir ein Stück Obsttorte mit Sahne und ein Kännchen Kakao. Meine Tante entscheidet sich für Waffeln mit heißen Kirschen und ein Kännchen Tee.
»Den trinkt Vati neuerdings auch gern.«
»Bernd? Unmöglich! So was würde mein Bruderherz nie anrühren.«
Ich setze eine geheimnisvolle Miene auf. »Meinst du?«
Prompt durchbohrt mich Margret mit einem neugierigen

Blick. Und ohne Zögern verklickere ich ihr, was ich letzte Woche beobachtet habe, als ich meinen Vater von der Arbeit abholen wollte.

»Er hat wirklich Tee getrunken?«

»Ja. Und er war so witzig drauf, dass seine Kolleginnen ständig über ihn lachen mussten.«

»Bernd als Entertainer?« Margret winkt ab. »Du hast ihn bestimmt mit jemandem verwechselt.«

»Meinen eigenen Vater? Du spinnst!«

Die Kellnerin bringt den Kuchen und die Getränke. Ich schnappe mir die Gabel und mache mich über das Obststück her.

»Na schön«, sagt Margret kauend. »Er war mit zwei Frauen Tee trinken und hat sich anscheinend ganz gut amüsiert. Aber das ist doch alles ganz harmlos. Warum machst du so ein großes Geheimnis daraus?«

»Weil er selbst ein großes Geheimnis daraus macht. Als Vati nämlich nach Hause kam, meinte er, er wäre in einen Stau geraten. Wieso hat er nicht die Wahrheit gesagt?«

»Ach, du weißt doch, dass deine Mutter manchmal wegen nichts und wieder nichts ihre berühmten Eifersuchtsanfälle bekommt.« Tante Margret schiebt sich das nächste Stück Waffel in den Mund. »Sie ist überhaupt ziemlich reizbar in letzter Zeit.«

»Hab ich auch schon gemerkt«, bestätige ich. »Was ist denn mit ihr los?«

Margret zuckt mit den Schultern. »Na ja, es läuft halt nicht alles so, wie sie sich das vorstellt. Zum Beispiel mit dem Job. Sie muss endlich wieder eine richtige Stelle als Sekretärin finden und mit dem Teilzeitmist aufhören. Diese ewigen Absagen auf ihre Bewerbungen machen sie ganz krank.«

»Echt?«, wundere ich mich. »Warum hat sie noch nie was davon gesagt?«
»Weil sie kein Jammerlappen ist, sondern alles in sich hineinfrisst. Und außerdem wartet sie nun schon seit Jahren darauf, dass irgendwas Besonderes passiert.«
Moment mal – das kommt mir höchst bekannt vor.
»Worauf denn?«
»Keine Ahnung. Auf einen Superjob oder einen Lottogewinn oder auf einen anderen Mann oder was weiß ich. Auf irgendetwas, das sie mit einem Schlag aus dem täglichen Trott herausreißt. Aber eigentlich ist das nichts Ungewöhnliches, denn auf irgendwas warten wir schließlich alle, stimmt's?«
Ich nicke.
»Und? Worauf wartest du denn ganz besonders, Michelle?«
»Auf das nächste Stück Kuchen.«

5373

Esther findet meine grünen Haare total albern.
»Was soll das, Michelle?«, begrüßt sie mich kopfschüttelnd, als ich in Aisches Zimmer komme. »Zu Karneval wär das ja vielleicht ganz lustig. Darf ich mal fragen, wen du damit beeindrucken willst?«
Raoul. Und heute Morgen in der Bahn hat es tatsächlich funktioniert! Er stieg ein, schaute sich um, sah mich – und lächelte. Wenn er wirklich so superintelligent ist, wie Shahid behauptet, konnte er unschwer erraten, was ihm meine neue Haarfarbe sagen sollte: Guck nicht die grünhaarige Möchtegern-Punkerin an, sondern mich!
Und siehe da: Auf der Fahrt drehte er immer wieder den Kopf in meine Richtung. Einmal verhakten sich sogar unsere Blicke und kamen nicht mehr voneinander los. Mindestens eine halbe Minute starrten wir uns an. Mir lief es eiskalt den Rücken runter! Als Raoul schließlich woandershin schaute, musste ich erst mal ganz tief durchatmen.
Aische, der das Ganze natürlich nicht entgangen war, klopfte mir auf die Schulter und sagte: »Gleich beim Aussteigen würde ich ihn unbedingt anquatschen.«
Das hatte ich auch vor. Doch blöderweise waren zwei andere Mädchen schneller als ich. Kurz vor der Haltestelle tauchten sie plötzlich neben Raoul auf, quasselten drauflos und wichen ihm nicht mehr von der Seite. Ich hätte sie

erwürgen können! Besonders ätzend fand ich, dass eine der beiden genauso dick war wie ich.
»Siehst du?«, meinte Aische, während wir mit zehn Metern Abstand hinter Raoul und den zwei Kletten hergingen. »Das ist der Beweis: Dein Schönling redet auch mit Mädchen, die mehr als fünfzig Kilo wiegen.«
»Sehr komisch!«
Da Esther noch nie was von Raoul gehört hat, will ich sie jetzt nicht mit der endlosen Geschichte meiner aussichtslosen Liebe zu ihm langweilen. Schließlich haben wir uns getroffen, um über was Wichtigeres zu reden. Das Kleeblatt muss eine schwierige Entscheidung treffen: Wem geben wir die zweitausend Mark?
Dass wir es nun endlich geschafft haben diese Summe zusammenzukriegen, verdanken wir Esthers Oma. Sie hat den Rest gespendet, der uns noch gefehlt hat.
»Find ich echt nett von deiner Oma!«, sagt Aische zu Esther. »Ich finde, wir sollten uns dafür bei ihr bedanken. Wie wär's mit einem Ständchen an ihrem Geburtstag?«
Esther verzieht das Gesicht. »Bloß nicht! Bei unseren genialen Gesangskünsten würde glatt ihr Hörgerät explodieren. Wo bleibt denn Valeska? Oder kommt sie heute wieder nicht?«
»Das muss sie ja wohl«, antworte ich. »Sie hat doch die Kiste mit dem Geld.«
»Falls sie sie noch hat ...«, murmelt Aische, worauf Esther und ich einen entsetzten Blick wechseln.
»Was meinst du damit?«, fragt Esther.
»Na ja, sie ist doch schon seit Wochen so seltsam drauf. Falls kein Junge dahinter steckt, muss es irgendwas anderes sein. Und da hab ich mir gedacht, dass es vielleicht mit dem Geld –«

»Du spinnst ja!«, unterbreche ich sie schroff. »So was würde Val niemals tun. Ich kenne sie ganz genau.«
»Irrtum: Du *kanntest* sie ganz genau. Warum sie in letzter Zeit total daneben ist, hat sie keinem von uns erzählt.«
»Stimmt«, gebe ich zu. »Aber trotzdem kann ich mir nicht vorstellen, dass sie –«
Es klingelt. Aische springt auf.
»Na bitte!«, juble ich. »Da ist sie ja.«
Doch statt mit Valeska kommt Aische kurz darauf mit der Kleeblatt-Kiste ins Zimmer zurück.
»Die hat mir ihr kleiner Bruder in die Hand gedrückt«, erklärt sie. »Val musste dringend weg und kann leider nicht kommen. Das sollte ihr Bruder uns jedenfalls ausrichten.«
Sie setzt sich zu uns auf den Teppich und stellt die Kiste in die Mitte. Wir starren sie an, aber keiner traut sich sie zu öffnen.
Aische fummelt an ihren Locken herum. »Was meint ihr? Würde sie uns die Kiste schicken, wenn nichts drin wäre?«
Ich zucke mit den Schultern.
Da sagt Esther plötzlich: »Die ist leer, wetten?«
Sie reißt den Deckel ab. Wir gucken hinein.
»Scheiße!«, flucht Aische. »Was sind wir bloß für Freundinnen!«

■

Ich bin das einzige Kleeblatt-Mitglied, das keine neugierigen kleinen Geschwister hat, die in meinen Sachen rumkramen. Darum beschließen wir, dass ich die kleine Plastiktüte mit dem Geld mit nach Hause nehme. Morgen soll ich es zur Bank bringen und der Hilfsorganisation überweisen, für die wir uns nach langem Hin und Her entschieden haben.

Eigentlich wollten wir ja einem einzigen Menschen weiterhelfen, aber das funktioniert einfach nicht. Die Ärmsten unter all den armen Typen, deren beschissenes Leben uns in den Fernsehreportagen gezeigt wurde, haben nämlich weder eine Adresse noch ein Bankkonto. Und darum haben wir uns darauf geeinigt, die zweitausend Mark einer Organisation zu spenden, die Minenopfern hilft. Alle paar Minuten tritt irgendwo in der Welt jemand auf eine Landmine. Wenn er Pech hat, wird er total zerfetzt; wenn er Glück hat, verliert er nur ein Bein. Die meisten Opfer sind Frauen und Kinder. Einige von ihnen werden also demnächst von unserer Spende mit Prothesen versorgt. Okay, dadurch wird ihnen zwar nicht ein völlig neues Leben ermöglicht, aber doch das alte zumindest einigermaßen erleichtert. Und dafür hat sich unsere ganze Aktion echt gelohnt.

Wenn meine Eltern beim Abendessen nicht so nervig wären, würde ich ihnen gern erzählen, dass eine Geldtüte in meiner Schreibtischschublade liegt. Doch genau wie gestern Abend haben die beiden nur ein Thema: meine Haare! Vor allem meine Mutter kann es einfach nicht fassen, dass ich sie vor dem Färben nicht um Erlaubnis gefragt habe. Meine Güte, sie hat doch wirklich genügend andere Probleme! Ich muss mich mächtig zusammenreißen, um nicht zu explodieren.

Nach dem Gespräch mit Tante Margret gestern im Café hab ich mir auf der Fahrt nach Hause vorgenommen ab sofort viel netter zu meiner Mutter zu sein. Doch kaum

hatte ich die Wohnungstür geöffnet, ging auch schon das Gemecker wegen meiner grünen Haare los. Und seitdem hat sie nicht mehr damit aufgehört.
»Können wir denn nicht mal über was anderes reden?«, stöhne ich. »Seit vierundzwanzig Stunden beschimpfst du mich jetzt schon wegen der neuen Farbe!«
»Wie lange sollen die denn noch so grün bleiben?«, fragt mein Vater.
»Keine Ahnung. Wenn ich gewusst hätte, wie sehr ihr euch darüber aufregt, hätte ich sie lieber orange färben lassen. Oder lila.«
»Du warst schon mal witziger, Fräulein!«, brummt meine Mutter. »Apropos: Vorhin hat dein Komiker angerufen. Du sollst nachher um sieben Viva einschalten. Wenn ich richtig verstanden habe, ist da jemand ausgefallen, für den er kurzfristig einspringen muss.«
»Was? Shahid ist heute im Fernsehen? Wahnsinn! Jetzt sag bloß nicht, dass du gleich Fußball gucken willst, Vati!«
»Ich will Fußball gucken.«
»Echt?«
Er zwinkert mir zu. »Aber erst um zehn.«
»Hey, du kannst ja richtig lustig sein! Jetzt ahne ich, wieso du deine Kolle ... äh ... ähem ...«
O Gott, beinahe hätte ich mich verplappert!
»Was ahnst du jetzt?«, fragt Vater nach.
»Ach, nichts.«
Aber eins weiß ich: Dass meine Eltern irgendwie ein Recht auf ihre Geheimnisse haben – genau wie ich ...

■

Nach dem Essen flitze ich ans Telefon und rufe Aische an. Sie hat bereits von Anwar erfahren, dass Shahid gleich in der Sendung von Dennis D. auftritt. Erst heute Mittag hat jemand von Viva bei Shahid angerufen und ihn in die Sendung eingeladen.
»Ich wollte Valeska Bescheid sagen, aber die ist noch unterwegs«, erzählt Aische. »Und? Meinst du, Shahid wird gerade verrückt vor Lampenfieber? Bin mal gespannt, wie er beim Publikum im Studio ankommt. Hat er eigentlich ein richtiges Programm?«
»Keine Ahnung. Aber ich bin echt happy, dass er hier angerufen hat. Eigentlich dachte ich, dass er nie mehr was von sich hören lässt.«
»Anwar sagt, dass er dauernd von dir redet.«
»So 'n Quatsch!«
»Doch, ehrlich!«, behauptet Aische. »Sei nicht böse, ich muss jetzt auflegen. Mein Vater möchte nämlich seinen Onkel in Istanbul anrufen. Also tschüss! Und drück Shahid gleich die Daumen!«
»Mach ich! Ciao!«
Obwohl die Sendung erst in zehn Minuten anfängt, setze ich mich jetzt schon im Wohnzimmer in einen Sessel, rolle ihn näher an den Fernseher ran und schalte Viva ein. Ich bin so nervös, als müsste ich selbst gleich auftreten. Vor lauter Aufregung knabbere ich auf der Fernbedienung herum.
Pünktlich um sieben kommen meine Eltern rein und machen es sich auf dem Sofa gemütlich.
»Kriegt dein Freund denn auch richtig viel Geld dafür?«, fragt mein Vater.
»Weiß ich nicht. Ruhe jetzt, es geht los!«

»Willst du uns etwa das Reden verbieten?«, mault meine Mutter. Sie zieht einen Schmollmund und vergräbt ihr Gesicht in einer Illustrierten.
Dennis D., mein Lieblings-VJ, begrüßt die Zuschauer mit seinen üblichen beinharten Gags, bei denen er keine Miene verzieht. Die Zuschauer im Studio lachen sich kaputt. Mist, dass er so verdammt komisch ist! Dann wird es bestimmt nicht leicht für Shahid beim Publikum genauso gut anzukommen.
Zum Glück muss er aber nicht direkt nach Dennis D. auftreten. Die ersten Gäste sind zwei Stimmenimitatoren aus dem Sauerland. Zugegeben, einige ihrer Witze sind ganz nett, aber wenn sie irgendwelche Politiker nachmachen, kann ich überhaupt nicht drüber lachen.
Den meisten Zuschauern im Studio geht es ebenso. Und darum gibt es nur einen ziemlich lahmen Applaus, als sich die Sauerländer schließlich verabschieden.
Nun folgt Werbung. Mein Vater verschwindet in die Küche und kommt mit einer Flasche Bier und einer Cola zurück.
»Danke, ich hab keinen Durst«, sage ich, als er mir die Colaflasche vor die Nase hält.
Die Werbespots, mit denen Viva uns quält, kommen mir noch öder vor als sonst. Mann, ist das ein Schwachsinn! Ob tatsächlich jemand so blöd sein und auf diesen Mist reinfallen kann? Die Typen, die sich den ganzen Werbeschrott ausdenken, müssen jedenfalls ganz schön einen an der Klatsche haben.
Mutter blättert weiter in ihrer Zeitschrift. Ich bin ziemlich enttäuscht, dass sie kein bisschen Interesse an Shahid zeigt. Sie hat sich nicht mal über die Rosen gefreut, die er am Sonntag mitgebracht hat.

»So, Leute, hier sind wir wieder!«, setzt Dennis D. endlich seine Sendung fort. »Und jetzt kommt ein Junge aus Düsseldorf, bei dem wir uns ganz besonders bedanken müssen. Er hat nämlich erst heute Mittag erfahren, dass er bei uns auftreten muss ... äh ... darf. Viel Spaß mit Shahid!«
Ich halte die Luft an. Und schon kommt Shahid ins Bild. Grausam: Er hat die fürchterliche gelbe Latzhose an, die er auch bei unserem Spaziergang am Rhein getragen hat!
Am Anfang weiß er nicht so genau, ob er in die Kamera gucken soll oder nicht. Aber nachdem die Zuschauer über seine ersten Witze gelacht haben, wendet er sich nur noch an sie und spult sein Programm so cool ab wie auf der Party von Stefanie. Zum größten Teil sind es sogar dieselben Gags. Er macht sich über Boygroups lustig, imitiert ein paar Fußballer und zieht verschiedene Seifenopern durch den Kakao.
»Ist der witzig!« Mein Vater ist ganz begeistert. Und sogar meine Mutter hat inzwischen ihre Zeitschrift weggelegt und muss ab und zu lachen.
Ich kriege die Gags gar nicht richtig mit. Immer wieder muss ich nämlich daran denken, dass dieser Junge da, der gerade das Publikum im Studio zum Toben bringt, schon vor mir auf den Knien rumgerutscht ist. Und dass wir so wahnsinnig viel Spaß zusammen hatten. Und natürlich denke ich auch an unseren Kuss. Und daran, wie er mir am Sonntag über die Haare gestreichelt hat.
Wenn Raoul nicht wäre ...
»Sagenhaft, der Knabe!« Mein Vater klatscht dreimal in die Hände, als sich Shahid mit einer tiefen Verbeugung verabschiedet.
»Das war Shahid!«, ruft Dennis D. in die Kamera. »Ich kann

mir zwar seinen Nachnamen nicht merken, aber eins kann ich euch versprechen, Leute: Diesen Superkomiker habt ihr garantiert nicht zum letzten Mal in meiner Sendung gesehen. Das heißt ... äh ... vielleicht sollte ich ihn lieber doch nicht mehr einladen, sonst übernimmt er eines Tages meinen Job.«

Wow! So ein Kompliment hat Dennis D. noch keinem seiner Gäste gemacht. Vor Rührung kommen mir fast die Tränen.

Ich angle mir die Cola vom Tisch und trinke die halbe Flasche leer.

»Sieh ja zu, dass der unser Schwiegersohn wird«, scherzt mein Vater. »Mit solchen Witzen kann man heutzutage einen Haufen Geld verdienen.«

»Er ist doch gar nicht ihr Freund«, sagt Mutter. »Oder?«

Meine Eltern gucken mich fragend an. Ich stelle die Cola auf den Tisch und lasse einen lauten Rülpser hören.

5374

Klar, in der Schule gibt's nur ein Thema: Shahid!
Alle, die ihn auf Stefanies Fete kennen gelernt haben, löchern mich mit Fragen. Sie wollen wissen, warum er gestern überhaupt nicht aufgeregt war und wie viele Gags er sich jeden Tag einfallen lässt und wie es jetzt weitergeht mit seiner Karriere. Dass ich keine richtigen Antworten darauf weiß, finden die meisten höchst seltsam. Schließlich werde ich für Shahids Freundin gehalten, weil ich mit ihm zusammen auf ihrer Party aufgekreuzt bin und ihn geküsst habe. Seitdem ist zwar unheimlich viel passiert, aber außer Aische und Valeska weiß davon niemand etwas.
Erstaunlicherweise fand sogar Val den Auftritt von Shahid richtig toll. Sie hat zufällig Viva gezappt, als er gerade von Dennis D. angesagt wurde.
»Erst dachte ich, ich höre nicht recht! Aber dann kam Shahid tatsächlich auf die Bühne. Mann, ich bin ja fast vom Stuhl gefallen vor Lachen! Sag mal, Michelle, war Shahid eigentlich am Sonntag genauso witzig drauf wie gestern?«
»Mindestens.«
»Echt? Hm, komisch, da hat er mich nur genervt.«
»Du mich auch.«
Sie legt einen Arm um meine Schulter. »Tut mir Leid! Mein Abgang war wirklich saublöd. Okay, Shahid ist ja total in Ordnung, aber er ist überhaupt nicht mein Typ. Wann hat er sich denn in mich verknallt?«

»Damals auf der Kö, als er uns den Zwanziger gespendet hat. Aber inzwischen will er nichts mehr von dir wissen. Ein Nachmittag mit dir – und schon war er geheilt!«
Valeska lacht zwar darüber, aber es klingt reichlich gezwungen.
Ansonsten benimmt sie sich heute endlich mal wieder ganz normal, jedenfalls bis zu Beginn der Zwölf-Uhr-Pause. Kaum sind wir auf dem Schulhof, verabschiedet sich Val von mir und Aische und geht zum Ausgang.
»Hey, wo willst du hin?«, ruft Aische hinter ihr her.
Val dreht sich um. »Weg.«
»Wir haben doch jetzt Geschichte beim Strobel, deinem Lieblingslehrer«, erinnere ich sie.
»Viel Spaß!«, wünscht sie uns mit seltsamer Miene und verschwindet um die Ecke.
»Verstehst du das?«, fragt mich Aische.
»Ja: Unsere liebe Valeska ist nun endgültig übergeschnappt.«

■

Anderthalb Stunden später stehe ich allerdings selbst am Rande des Wahnsinns. Als Aische und ich aus der Schule kommen, entdecken wir direkt vor dem Eingang einen offenen amerikanischen Straßenkreuzer, der von Schülern umringt wird.
»Ist da irgendein Star drin?«
»Kann sein«, sagt Aische. »Komm, wir gehen mal näher ran und –«
Aische verstummt und guckt mich verdattert an. Soeben ist nämlich der Chauffeur, ein junger Typ mit Mütze,

schwarzem Anzug und Pferdeschwanz, auf die Kühlerhaube geklettert und hat ein großes Plakat entrollt. Und darauf steht MICHELLE.

»Ach du Scheiße!«, murmle ich aufgeregt. »Meint der etwa mich?«

Jetzt erkennen wir, dass Dennis D. hinten im Wagen sitzt. Vor ihm auf dem Beifahrersitz kniet ein Kameramann, der abwechselnd Dennis und die völlig aus dem Häuschen geratenen Schüler filmt.

»Das hat Shahid für dich organisiert, wetten?«

»Aber wieso?« Ich bin total von den Socken und weiß nicht, ob ich nicht lieber abhauen soll.

»Wo bleibt denn diese Michelle?«, höre ich Dennis D. in diesem Augenblick in die Menge rufen.

Da schreit Aische: »Hier ist sie!«, zeigt mit der linken Hand auf meine grüne Rübe und schiebt mich mit der rechten Hand durch die Menge zum Wagen.

»Steig ein, Michelle!«

Dennis D. ist aus dem Wagen gehüpft und reißt die Tür für mich auf. Die Schüler ringsherum glotzen mich an wie ein Wesen aus einer andern Galaxis. Ich steige ein und strecke der Kamera, die auf mich gerichtet ist, die Zunge raus. Lachend schwingt sich Dennis neben mich.

»Fahr los, Lenny!«

Der Wagen setzt sich langsam in Bewegung. Die Menge fängt an zu johlen und zu klatschen. Ich komm mir vor wie Michael Jackson. So ein Mist, dass ich Aische aus den Augen verloren habe! Hätte sie nicht mitfahren können?

»Hi, ich bin Dennis D.«, stellt sich mein Lieblings-VJ vor und drückt mir die Hand. »Und du bist also Michelle, die unsterblich in mich verknallt ist?«

»Hä?«
»Darüber reden wir später. Shahid hat gesagt, dass wir schnell zum Görres-Gymnasium fahren sollen. Das ist doch gleich hier um die Ecke, stimmt's?«
Ich nicke. In meinem Kopf dreht sich alles. Ist das etwa ein Traum? Oder sitze ich gerade wirklich in einem Straßenkreuzer neben meinem Viva-Star?
Eine Minute später biegen wir in die Kö ein und halten vor dem Eingang des Görres-Gymnasiums. Sofort stürmen Horden von Schülern auf den Wagen zu, starren uns an, wollen Autogramme von Dennis D. und schneiden Grimassen, wenn die Kamera auf sie gerichtet wird.
Allmählich dämmert es mir, warum Shahid diese Aktion angeleiert hat.
Raoul . . .
Langsam lasse ich den Blick über die mindestens hundert Schüler schweifen, die sich mittlerweile um den Wagen versammelt haben. Und mittendrin entdecke ich tatsächlich den Schönling, der mich nun schon seit fast einem Monat durcheinander bringt. Ich hebe die Hand und winke ihm zu und schenke ihm ein wunderschönes Lächeln. Prompt winkt Raoul zurück und strahlt mich dabei richtig an.
»O Gott, sind die zudringlich!«, stöhnt Dennis D. mir ins Ohr und bittet dann den Chauffeur den Wagen zu starten und weiterzufahren.
Dennis D. gähnt. »Sorry, war ziemlich spät gestern«, entschuldigt er sich. »Komm, mach das Ding aus!«, fordert er dann seinen glatzköpfigen Kameramann auf, der auch sofort gehorcht und sich eine Zigarette anzündet.
»Ist dir kalt?«, fragt mich Dennis D. »Dann machen wir das

Verdeck zu. Aber heute ist ja noch mal ein richtig schöner Tag. Wie die alle glotzen, die Idioten! Haben die noch nie ein Auto gesehen?«
Fast alle Leute auf der Kö drehen sich nach uns um, wenn wir an ihnen vorbeifahren. Nach einem erneuten Gähnen lehnt sich Dennis D. bequem zurück und schließt die Augen.
Ich mustere ihn verstohlen von der Seite. Überraschenderweise kommt er mir viel kleiner vor als im Fernsehen. Er trägt eine blaue Jeans und einen langen schwarzen Ledermantel. Merkwürdig: Nur weil ich schon seit Jahren regelmäßig seine Sendung gucke, habe ich das Gefühl neben einem alten Freund zu sitzen. Sein Gesicht kenne ich auswendig: die Hakennase, die schmalen Lippen, die Narbe auf der linken Wange, die hohe Stirn.
Er gähnt schon wieder.
»Siehst du, wie langweilig ich bin?«, sagt er. »So ein Typ wie ich ist keine schlaflose Nacht wert, glaub mir.«
Er guckt mich von oben bis unten an. »Du bist ja gar nicht so megadick, wie Shahid behauptet hat. Er meint, aus lauter Liebe zu mir wärst du fettsüchtig geworden.«
»So ein Trottel!«, fauche ich, worauf Dennis D. ein erstauntes Gesicht macht.
»Und du hast auch noch nie versucht dich wegen mir umzubringen?«
»Doch, mit 'ner Überdosis Snickers. Was soll denn der Scheiß?«
»Hm. Sieht ganz so aus, als hätte sich Shahid das alles nur ausgedacht.«
»Allerdings!«, antworte ich wütend.
Dennis D. fängt an zu lachen. »So ein dreister Typ! Ich hätte gleich wissen müssen, dass er mich reinlegt. Warum wollte

er denn unbedingt, dass wir dich abholen und dann zu diesem anderen Gymnasium fahren?«
»Keine Ahnung«, schwindle ich.
»Ist ja auch egal. Hauptsache, wir haben eine von meinen bescheuerten Straßenkreuzer-Aktionen im Kasten. Nächste Woche kannst du dich im Fernsehen bewundern. Sollen wir jetzt noch 'ne Runde durch die Stadt drehen oder hast du genug von mir?«
»Von mir aus können wir noch 'ne Runde drehen.«
»Okay. Weck mich, wenn du aussteigen willst.«
Er streckt sich auf der Rückbank aus, legt seinen Kopf auf meinen Schoß und pennt sofort ein. Der Glatzkopf vor mir dreht sich grinsend um. Dann nimmt er leise die Kamera und filmt mich und den schlafenden Dennis D.
Diese Szene muss ich mir unbedingt nächste Woche auf Viva angucken. Erst dann werde ich glauben, dass ich sie auch wirklich erlebt habe.

■

»Was erzählst du eigentlich für schwachsinnige Märchen, du Spinner?«
»Wovon redest du?«, fragt Shahid scheinheilig.
Nachdem ich mich von Dennis D. verabschiedet habe, bin ich natürlich direkt in die nächste Telefonzelle gestürmt und hab Shahid angerufen.
»Wovon ich rede? Das weißt du doch ganz genau! Rat mal, mit wem ich gerade eine Stadtrundfahrt gemacht habe.«
»Mit der Straßenbahn?«
»Hoho, wie ulkig! Gestern Abend hast du erheblich bessere Witze gemacht.«

»Ich war einfach super, stimmt's?«, lobt er sich selbst. »Aber ich muss unbedingt noch an meinem Timing arbeiten. Ist dir aufgefallen, dass manche Gags viel zu schnell hintereinander kamen? Bis zum nächsten Auftritt wird das geändert. Willst du mir nicht dabei helfen? Du könntest dir mein Programm anhören und mich –«

»Hey, lenk nicht ab!«, unterbreche ich ihn. »Jetzt unterhalten wir uns erst mal über Dennis D. Warum hast du ihm erzählt, ich wäre in ihn verknallt?«

»Na ja, irgendwie musste ich ihn doch dazu bringen, dass er dich im Straßenkreuzer abholt und an Raouls Schule vorbeifährt. Hat dich denn dein geliebter Superboy überhaupt gesehen?«

»Idiot!«, knurre ich.

»Wetten, dass er dich sofort anquatscht, wenn du ihn das nächste Mal triffst? Auf Stefanies Fete hat er mir nämlich verraten, dass er gerne VJ werden möchte. Und darum wird er jemanden, der so tolle Beziehungen zu Viva hat, garantiert nicht mehr links liegen lassen. Hat dir Dennis D. seine Visitenkarte gegeben und dir gesagt, dass du mal vorbeikommen sollst, wenn du in Köln bist?«

»Ja.«

»Na also! Du brauchst nur mit der Karte vor Raouls Nase zu wedeln und schon bist du wichtiger für ihn als die dreißigtausend anderen Mädels in Düsseldorf.«

Er macht eine Pause.

»Tja, und damit sind wir ja wohl quitt, oder?«

»Hä?«

»Du hast versucht mich mit dieser arroganten Blondine zu verkuppeln. Wie war noch mal ihr Name? Vastresska? Vakotzka? Vapisska? Ist ja auch egal! Jedenfalls hab ich im

Gegenzug versucht dich mit Raoul zu verkuppeln. Mal sehen, ob's klappt. Hältst du mich auf dem Laufenden?«

»Kann ich machen.«

»Nett von dir. Sonst noch was?«

Ja: Ich würde ihm gerne sagen, was mir alles durch den Kopf ging, als ich ihn gestern bei Viva gesehen habe. Und wie schade ich es finde, dass wir beide uns nicht auf irgendeiner einsamen Insel begegnet sind, ohne Valeska und ohne Raoul. Aber das würde so kitschig klingen, dass Shahid bestimmt mit irgendeinem ätzenden Spruch darauf reagieren würde. Also halte ich lieber die Klappe und warte auf seinen nächsten Satz.

»Dann viel Glück morgen!«, sagt Shahid.

»Danke.«

»Vielleicht gibt's ja ein Happyend. Ciao!«

»Tschüss!«

»Ach ja: Wie war Dennis D. denn so?«

»Müde.«

5375

Beim Frühstück bekomme ich keinen einzigen Bissen runter, so nervös bin ich. Draußen gießt es in Strömen und das heißt, dass Raoul gleich höchstwahrscheinlich in die Bahn steigen wird.

Ich trinke nur zwei Tassen Tee mit Honig. Beim Umrühren zittert meine Hand.

»Schreibt ihr heute eine Arbeit?«, fragt meine Mutter. »Warum bist du denn so zappelig?«

»Opa hat mich mit Alzheimer angesteckt.«

Mutter wirft mir einen finsteren Blick zu und greift nach ihrer Kaffeetasse. Ich kann ihr nichts von Raoul verraten, weil ich ihr und meinem Vater auch die gestrige Spritztour im Straßenkreuzer verschwiegen habe. Damit will ich die beiden nächste Woche im Fernsehen überraschen.

»Iss doch wenigstens ein Knäckebrot.«

»Warum bist du nicht froh, dass ich aufs Frühstück verzichte, Mutti? Das ist doch viel gesünder für mich. Wenn ich nichts esse, kann ich auch nicht zunehmen.«

»Du fängst wieder an dich um dein Gewicht zu kümmern?«, wundert sich Mutter. »Das war dir in den letzten Wochen doch völlig egal. Wieso eigentlich?«

Gute Frage. Vielleicht deshalb, weil mir zig andere Sachen tausendmal wichtiger waren. Und weil ich nicht mehr so oft von anderen daran erinnert wurde, dass ich ein wandelnder Fleischberg bin. Seit ich Daniel für einen seiner

miesen Sprüche mit einem Kuss bestraft habe, trauen er und Björn sich nicht mehr in meine Nähe.
»So, ich muss weg, Mutti!« Ich stehe auf und küsse sie auf die Stirn. »Und? Wie sehe ich aus?«
Sie lächelt. »Triffst du dich gleich mit Shahid?«
Ich verdrehe die Augen.
»Gut siehst du aus, Fräulein! Nur ein bisschen zu grün.«
Mit zitternden Knien verlasse ich die Küche. Mein Güte, wenn ich jetzt schon so aufgeregt bin, wie wird das erst nachher in der Bahn sein, wenn Raoul auf mich zukommt? Bei seinem ersten Wort breche ich wahrscheinlich ohnmächtig zusammen.
Doch beim Zähneputzen ärgere ich mich plötzlich darüber, gleich von Raoul angequatscht zu werden. Denn der Grund dafür wäre ja nur, dass ich Dennis D. kenne. Wenn der mich nicht gestern in seinem Superschlitten vors Görres-Gymnasium gekarrt hätte, würde mich Raoul heute wieder wie Luft behandeln.
Genau damit platze ich heraus, als ich Aische zehn Minuten später an der Haltestelle treffe.
»Na und?«, erwidert sie nur. »Es kann dir doch völlig egal sein, wieso Raoul mit dir redet. Viel wichtiger ist ja wohl, was sich daraus entwickelt, oder?«
»Hm.«
»Wo steckt denn Valeska? Hast du sie gestern noch angerufen, um ihr die Story mit Dennis D. zu erzählen?«
»Sie hat überhaupt nicht richtig zugehört«, beschwere ich mich.
»Hast du sie gefragt, warum sie gestern Geschichte geschwänzt hat?«
»Weil sie Bauchschmerzen hatte. Angeblich. Ich glaub ihr

kein Wort. Und jetzt sag bloß nicht wieder, dass wir mit ihr reden müssen. Das haben wir schon x-mal versucht. Langsam hab ich die Schnauze voll! Und starr mich bitte nicht so neugierig an, wenn Raoul einsteigt. Das macht mich wahnsinnig!«

Aische grinst. »Sonst noch irgendwelche Befehle, Boss?«

Ich muss lachen. »Wenn ich nicht aufpasse, werde ich auch bald so 'n Kotzbrocken wie Valeska.«

In der Bahn lässt Aische mich allein im Gang stehen und verkrümelt sich auf einen Sitz direkt hinter der Fahrerin. Je näher wir der Uhlandstraße kommen, desto aufgeregter flattern meine Nerven. Mal sehen, ob Shahid Recht behalten und Raoul sich gleich tatsächlich an mich ranschmeißen wird. Wie cool Shahid gestern über seine Verkupplungsaktion geredet hat . . . Irgendwie hatte ich gehofft, er wäre wenigstens ein kleines bisschen traurig darüber, dass ich in Raoul verknallt bin. Aber anscheinend macht ihm das überhaupt nichts aus.

»Uhlandstraße!«

Die Stimme der Straßenbahnfahrerin lässt mich zusammenzucken. Ich spüre, dass ich knallrot werde, und senke schnell den Kopf. In meinem Schädel pocht es wie verrückt. Mir wird schwindlig. Wenn ich jetzt mit einem Gehirnschlag zusammenbreche, werde ich vielleicht von Shahids Vater operiert.

»Na, wie geht's?«

Ach du Scheiße – das ist die Stimme von Raoul!

»Gut«, hauche ich und gucke dabei weiter auf meine Schuhspitzen.

»War ja 'ne ziemlich heiße Nummer gestern, du und Dennis D. in dem Straßenkreuzer.«

»Fandest du?«
Ich atme ganz tief durch und hebe endlich den Kopf. Raoul steht ganz dicht neben mir. Er kratzt sich am Nacken und lächelt mich an.
»Wie kommt denn Dennis D. darauf, ausgerechnet dich für seine Straßenkreuzer-Aktion auszusuchen?«
»Ach, das ist 'ne lange Geschichte.«
Und vor allem eine, die Raoul nichts angeht.
»Kannst du sie mir trotzdem erzählen?«
Ich zucke mit den Schultern.
»Es würde mich echt interessieren«, lässt er nicht locker. »Ich versuch nämlich schon seit Monaten irgendwie einen Fuß bei Viva reinzubekommen, aber die blocken einen immer ab. Meinst du nicht auch, dass die so einen wie mich als VJ gebrauchen könnten? Okay, Eigenlob stinkt zwar, aber ich seh ja wohl wirklich nicht übel aus und bin auch nicht gerade dämlich.«
»Du hast Recht.«
»Womit?«
»Dass Eigenlob stinkt.«
Shahid hätte darüber gelacht, aber Raoul zieht eine beleidigte Flappe.
»Was hältst du vom Ufa-Palast?«, schlägt er dann plötzlich vor. »Morgen Nachmittag.«
Mir bleibt die Spucke weg.
»Wir gehen erst mal gemütlich ins Kino. Dann können wir ja irgendwo was futtern und dabei erzählst du mir, wie man an jemanden wie Dennis D. rankommt. Wie wär's um halb vier vor dem Bahnhof?«
Weil mir einfach die Worte fehlen, nicke ich nur.
»Abgemacht! Um halb vier also.«

Raoul hat sich mit mir verabredet – Wahnsinn!
Auf der restlichen Fahrt reden wir über die Sendung von Dennis D. Zum Glück hat er Shahids Auftritt vorgestern verpasst. Sonst hätte er sich bestimmt zusammengereimt, wieso Dennis D. einen Tag später mit seinem Superschlitten vor unserer Schule aufkreuzt.
Als die Bahn in die Altstadt einbiegt, gehen wir gemeinsam zur Tür. Beim Abschied tätschelt Raoul meinen linken Oberarm und zwinkert mir zu, ehe er zwischen den anderen Schülern verschwindet.
Sekunden später ist Aische zur Stelle und starrt mich mit großen Augen an. »Na? Wie ist es gelaufen?«
»Kino. Morgen. Halb vier. Bahnhof«, stammle ich total weggetreten.
»Hey, hat der Kerl dir etwa 'ne Droge verpasst?«
»Ja – sein Lächeln!«

■

Nach dem Mittagessen erledige ich im Eiltempo meine Hausaufgaben, schnappe mir die Tüte mit den zweitausend Mark und mache mich auf den Weg zur Sparkasse. Eigentlich hätte ich das Geld schon gestern einzahlen müssen. Aber da kam mir ja eine Kleinigkeit dazwischen: die Straßenkreuzer-Tour.
Schon von weitem entdecke ich das Plakat auf der Sparkassentür: *Wegen Renovierung geschlossen.*
So ein Mist! Und jetzt?
Weil ich sowieso neue Schnürsenkel für meine halbhohen schwarzen Docs brauche, entschließe ich mich zu einer Fahrt in die Stadt. Ich spurte los, weil soeben eine Bahn um

die Ecke biegt, die ich im allerletzten Augenblick noch erreiche.
Unterwegs zerbreche ich mir den Kopf darüber, was ich nun eigentlich von Raoul halten soll. Ehrlich gesagt fand ich es ziemlich nervend, wie er von sich selbst geschwärmt hat. Sicher, manchmal lobt sich auch Shahid über den grünen Klee, aber bei ihm klingt das auch immer eine Spur selbstironisch. Aber dass ich noch immer in Raoul verknallt bin, hat mir ja wohl mein Körper deutlich bewiesen. Oder flippt er inzwischen schon automatisch bei seinem Anblick aus, so wie ich prompt einen Kälteschauer kriege, wenn im Fernsehen Bilder vom Nordpol gezeigt werden? Jedenfalls würde ich mich viel mehr auf die Verabredung mit ihm freuen, wenn Shahid nicht wäre. Ich bin jetzt schon gespannt, was der zu meinem Treffen mit Raoul sagen wird. Nach dem Abendessen rufe ich ihn an.
Mit der rechten Hand umklammere ich die kleine Plastiktüte in meiner Anoraktasche. Aische, Esther und Val würden mich einen Kopf kürzer machen, wenn ich das Geld verlieren würde. Na ja, das heißt, Valeska hätte dafür sicher nur ein Achselzucken übrig. Mittlerweile hab ich keinen Schimmer, ob ich sie noch für meine Freundin halten soll oder nicht. Nie im Leben hätte ich gedacht, dass wir zwei uns jemals so fremd werden könnten.
Am Jan-Wellem-Platz steige ich aus. Weil ich mich schon so sehr an meine grünen Haare gewöhnt habe, bin ich jedes Mal überrascht, wenn mich jemand anstarrt. Und das passiert mir auf dem Weg zur Bank immer wieder. Wenn all diese Glotzer wüssten, dass ich zweitausend Mark mit mir spazieren trage . . .
Als Gudruns Salon in Sicht kommt, juckt es mich ihr von

Shahids Auftritt bei Viva und meiner Stadtrundfahrt mit Dennis D. zu erzählen. Aber wahrscheinlich hat sie gerade zu tun. Ich werfe einen Blick durchs Schaufenster. Von Gudrun ist nichts zu sehen. Ob sie vielleicht Pause hat? Kurz entschlossen betrete ich den Laden.

»Ist Gudrun da?«, frage ich ihren Chef. Er schnippelt gerade an einer scheintoten alten Frau mit vier dünnen Strähnchen auf dem Kopf herum.

Der Miesepeter zeigt auf die Treppe zum Aufenthaltsraum. Ich durchquere den Laden und gehe die Stufen hinunter.

»Was machst du denn hier?«, begrüßt Gudrun mich freudig, als ich in den kleinen Raum komme. Sie sitzt an einem winzigen Tisch, vor sich eine Limo und eine offene Zeitung. Nachdem sie aufgestanden ist und mich umarmt hat, lassen wir uns auf einem lila Minisofa nieder.

»Hast du gerade Pause?«

»Nein, frei«, antwortet Gudrun. »Ich bin nur hier, weil – na, du weißt schon.«

»Der Freund deiner Mutter.«

Gudrun nickt. »Er ist krankgeschrieben, verdammte Scheiße! Da bleib ich natürlich nicht in der Wohnung. Zum Frühstück hat der Idiot schon zwei Pullen Bier gesoffen!«

»Du musst mit deiner Mutter reden.«

»Zwecklos. Sie glaubt mir nicht, dass ich Angst vor ihrem Macker habe. Und irgendwie kann ich das sogar verstehen«, fügt sie leise hinzu.

»Warum?«

»Willst du was trinken?«

»Nein. Also, warum?«

»Darum«, murmelt Gudrun und schaut dabei zu einem

Berg nasser Handtücher hinüber, der sich in einer Ecke türmt. »Ich will dir nicht ständig die Ohren mit diesem Scheiß voll jammern. Ändern kannst du ja sowieso nichts.«
Ich stehe auf. »Okay, dann kann ich ja wieder abhauen, wenn du nicht mit mir reden willst.«
Seufzend zieht mich Gudrun zurück aufs Sofa. »Na schön, wenn du es unbedingt wissen willst: Ich hab meiner Mutter schon mal vorgelogen, dass mir ein Freund von ihr unter den Rock gefasst hätte. Da war ich 8 oder 9. Ich konnte diesen Typen absolut nicht ausstehen! Da hab ich halt geschwindelt, er hätte mich befummelt. Meine Mutter warf ihn natürlich sofort raus. Ein paar Jahre später hab ich dumme Kuh ihr gestanden, dass das alles nur gelogen war. Mann, danach war echt die Hölle los! Beinahe hätte sie mich sogar ins Heim gesteckt. Verstehst du jetzt, warum sie mir nicht glaubt, wenn ich mich über ihren Freund beschwere?«
»Allerdings.«
Gudrun versucht zu lächeln. »Ich bin ganz schön blöd, stimmt's?«
»Stimmt. Und wie geht's jetzt weiter?«
»Mit 'ner eigenen Wohnung. Wenn ich fleißig spare, hab ich in einem Jahr das Geld für den Makler und die Kaution zusammen. Wer weiß, vielleicht lässt mich der Fiesling bis dahin in Ruhe.«
»Erst in einem Jahr?«
Plötzlich fängt Gudrun an zu heulen. Sie verbirgt ihr Gesicht in den Händen und schluchzt wie verrückt. Es ist so furchtbar, dass ich ebenfalls mit den Tränen kämpfe.
»O Gott, wie albern!« Gudrun dreht sich um, nimmt eine Tüte Taschentücher aus dem Regal und putzt sich die

Nase. »Da flenn ich rum, obwohl überhaupt noch nichts passiert ist. Kann ja sein, dass ich bloß zu viel Phantasie hab und der Typ gar nichts von mir will.«

»Kann das wirklich sein?«

»Nein«, haucht sie. »Ich glaube nicht.«

Nachdem sie zwei Taschentücher voll geschnieft hat, nickt sie in Richtung Tisch.

»Mir sind wohl nur deshalb die Nerven durchgegangen, weil ich gerade in der Zeitung genau die richtige Wohnung für mich entdeckt habe. Ziemlich klein und nicht zu teuer und vor allem sofort frei. Wenn ich die Kohle hätte, könnte ich am 1. einziehen, also übermorgen.«

Ich zögere keine Sekunde. »Du hast die Kohle. Hier!«

Ich drücke ihr die Plastiktüte in die Hand. Gudrun reißt die Augen auf und starrt abwechselnd mich und die Tüte an.

»Was soll das sein?«

»Zweitausend Mark.«

»Zweitausend Mark?«, wiederholt sie entgeistert.

»Reicht das für den Makler und die Kaution?«

»Na klar! Da bleibt sogar noch was übrig.«

»Das kannst du mir ja zurückgeben.«

»Du spinnst!« Gudrun springt auf. »Das kann ich niemals annehmen. Wo ist das Geld überhaupt her?«

»Hab ich schon mal was von unserem Kleeblatt erzählt?«

»Kann sein.«

»Wir haben das Geld mit verschiedenen Aktionen –«

»Gudrun!«, ruft in diesem Augenblick ihr Chef von oben.

»Ich hab frei!«, schreit sie zurück.

»Gudrun! Komm mal bitte!«

»Scheiße! Ich muss bestimmt jemandem die Haare waschen. Hier, nimm das Geld zurück!«

Ich schüttle den Kopf. »Das ist für dich. Ciao!«
»Spinnst du? Warte!«
Mit Riesenschritten stapfe ich die Treppe hoch, marschiere schnell durch den Laden und verschwinde nach draußen. Auf dem Weg zur Kö gucke ich mich mehrmals um, aber Gudrun folgt mir nicht. Vor dem Bismarck-Denkmal bleibe ich stehen und atme tief durch.
Das Herz klopft mir bis zum Hals, während ich fieberhaft überlege. Bin ich denn noch ganz dicht? Was hab ich da gerade getan? Hätte ich nicht erst Esther und Aische fragen müssen, statt Gudrun diesen Haufen Geld so locker wie einen Schokoriegel in die Hand zu drücken? Was ist, wenn die Geschichte mit diesem Typen überhaupt nicht stimmt? Was ist, wenn Gudrun mich angelogen hat?
Verfluchter Mist!
Weder Gudruns Mutter noch deren Freund hab ich jemals gesehen. Und Gudrun selbst kenne ich eigentlich kaum. Sie hat mir die Haare geschnitten und gefärbt und außerdem hab ich sie einmal zu Hause besucht. Das war's. Kann es sein, dass ich ihr schon mal von dem Kleeblatt und den zweitausend Mark erzählt habe? Kann es sein, dass sie sich daraufhin eine richtige Strategie ausgedacht hat, um mir das Geld abzuluchsen? Kann es sein, dass sie eine verdammt gute Schauspielerin ist?
Mir wird ganz flau im Magen. Ja, ich Idiotin bin auf eine Betrügerin reingefallen! Ein paar Tränen genügen und schon zückt Michelle die Kohle und verteilt großzügige Geschenke. Na warte, diese miese Ratte kann was erleben!
Ich flitze zurück zum Laden und reiße die Tür auf. Wo steckt Gudrun? Ihr Chef bombardiert mich mit bösen Blicken.

»Hab was vergessen«, rufe ich ihm atemlos zu und eile die Treppe hinunter zum Aufenthaltsraum. Auf der letzten Stufe bleibe ich stehen. Gudrun liegt zusammengekrümmt auf dem Sofa und flennt. Aha, ihr schlechtes Gewissen hat sich schon gemeldet!
Sie hat mich noch nicht bemerkt. Nach kurzem Zögern gehe ich entschlossen auf sie zu.
»Hey, ich bin's noch mal!«
Gudrun hebt den Kopf. Ihr ganzes Gesicht ist nass von Tränen. Mit einem schwachen Lächeln erhebt sie sich langsam vom Sofa. Wir stehen uns stumm gegenüber, gucken uns in die Augen.
Nein!, denke ich beschämt. Nein!
Ich umarme sie. Sofort fängt sie wieder an zu weinen.
»Nie hätte ich gedacht, dass jemand so gut zu mir sein könnte«, schluchzt sie. »Das werde ich dir nie vergessen, Michelle! Und deinen Freundinnen auch nicht. Und verlass dich drauf: Ich zahle euch das Geld zurück. Jeden Pfennig!«
Mittlerweile bin ich selbst in Tränen ausgebrochen. Wie fies von mir Gudrun für eine Betrügerin zu halten! Ob ich irgendwann mal den Mut haben werde ihr das zu erzählen?
»Gudrun!«, ruft ihr Chef von oben. »Gudrun! Wo bleibst du denn?«
»Ich hab frei!«, brüllt sie zurück.
»Ich auch!«, schreie ich, worauf Gudrun kurz auflacht, mich auf den Mund küsst und dann ihr Gesicht wieder schluchzend an meinen Hals presst.

5376

Was für ein Monat!
Jens-Peter, Raoul, Shahid, Gudrun, Dennis D. – so viel wie in den letzten Wochen hab ich nicht mal in den letzten 14 Jahren erlebt. Ob vielleicht bald Schluss ist mit den aufregenden Erlebnissen, die sich nur so gejagt haben?
Zumindest eins steht mir gleich noch bevor – mein Treffen mit Raoul. Mit verschwitzten Händen und furchtbaren Bauchschmerzen sitze ich in der Bahn und fahre in die Stadt. Mindestens genauso nervös habe ich mich heute Morgen zur Haltestelle geschlichen. Ein gigantischer Kloß im Hals sorgte dafür, dass ich kein Wort rauskriegte, als ich vor Aische stand. Ich konnte ihr auch nicht in die Augen sehen.
»Was ist denn los, Michelle?«, fragte Aische neugierig. »Gab's Ärger mit deinen Eltern?«
»Nein. Aber dafür gibt's gleich Ärger mit dir.«
»Wieso?«
»Und mit Esther und Valeska. Ich hab gestern was gemacht, was euch vielleicht nicht gefallen wird. Und zwar –«
In diesem Moment hielt die Straßenbahn. Wir stiegen ein und setzten uns auf eine freie Bank.
»Spuck's aus!«, sagte Aische. »Aber guck mich bitte dabei an. Ist ja lächerlich, wie du dauernd zu Boden glotzt. So schlimm wird's ja wohl nicht sein, was du verbrochen hast, oder? Worum geht's überhaupt?«

»Um die zweitausend Mark.«
Aische grinste. »Verstehe: Du hast dir dafür ein paar neue Klamotten zugelegt.«
»Ich hab's Gudrun geschenkt.«
Aische grinste immer noch.
»Im Ernst: Ich hab Gudrun die zweitausend Mark geschenkt. Sie ist nämlich gerade in einer unglaublich schwierigen –«
»Du hast was?«, schrie Aische so laut, dass sich die halbe Bahn nach uns umdrehte. Ihre Augen funkelten mich wütend an. »Du hast unsere Spende dieser Friseurin gegeben? Bist du bekloppt?«
»Hör mir doch erst mal zu.«
»Hör du mir lieber zu! Wir wollten die zweitausend Mark den Minenopfern spenden. Hast du das etwa vergessen? Das war doch nicht *dein* Geld! Wieso hast du es nicht auf das Konto eingezahlt?«
»Weil Gudrun das Geld dringend braucht.«
»So? Dringender als die Minenopfer?«
»Keine Ahnung«, seufzte ich. »Darüber hab ich mir fast die ganze Nacht den Kopf zerbrochen. Und jetzt lass mich bitte mal ausreden.«
Ich erzählte ihr von Gudruns Mutter und deren Freund und Gudruns Angst vor ihm. Zugegeben, die ganze Geschichte klang nicht besonders dramatisch. Darum war es auch kein Wunder, dass Aische nicht sonderlich beeindruckt war.
»Und wenn das alles nur Hirngepinste sind?«, fragte sie, als ich fertig war.
»Du hast nicht gesehen, wie sie geheult hat«, konnte ich darauf nur antworten. »Und wie erleichtert sie war, dass

sie vielleicht morgen schon in eine eigene Wohnung ziehen kann.«

»Ach!«

»Wollten wir nicht jemandem das Geld schenken, der damit sein Leben total ändern könnte?«

»Das schon, aber –«

»Sie will es auch zurückzahlen«, unterbrach ich Aische. »Und das tut sie auf jeden Fall, obwohl es natürlich längere Zeit dauern wird. Dann können wir das Geld immer noch den Minenopfern spenden.«

»Hm.«

Aische verschränkte die Arme, guckte aus dem Fenster und redete kein Wort mehr mit mir.

Weil es mal wieder regnete, stieg Raoul an der Uhlandstraße ein. Er nickte mir zwar freundlich zu, blieb aber in der Nähe der Tür stehen. Beim Aussteigen rief er durch den Gang: »Bis nachher!«

Und dieses Nachher ist jetzt ganz genau in zwölf Minuten und sechsunddreißig, fünfunddreißig, vierunddreißig, dreiunddreißig, zweiunddreißig Sekunden. Warum hör ich nicht endlich auf meine Uhr anzustarren? Dieser verdammte Sekundenzeiger treibt mich noch in den Wahnsinn!

Ich atme tief durch und denke an Esther, die ich nachher noch anrufen muss. Zum Glück ist Aische nicht mehr böse darüber, dass ich Gudrun die zweitausend Mark gegeben habe. Bis zur Zehn-Uhr-Pause dachte sie darüber nach. Dann kam sie zu mir und meinte, dass ich wahrscheinlich das Richtige gemacht hätte. Mensch, war ich happy!

Anschließend erzählten wir gemeinsam Val die Geschichte von Gudrun und dem Geld. Sie nickte bloß und sagte: »Ist doch eigentlich schnuppe, wem wir mit der Kohle helfen.«

Und schon wieder schaue ich auf die Uhr. Nur noch elf Minuten. Gleich geht's um die Kurve, dann kommt der Bahnhof in Sicht. Mir fällt Jens-Peter ein. Vor ungefähr drei Wochen stand er mit der Rose in der Hand genau da, wo jetzt Raoul auf mich wartet. Komisch, dass ich von dem Grapscher nichts mehr gehört habe! Hat er denn gar keine Sehnsucht nach mir und meinem Busen? Offenbar bin ich ihm inzwischen genauso gleichgültig wie Shahid.
Als der gestern am Telefon hörte, dass ich mich heute mit Raoul treffen würde, lachte er und sagte: »Na bitte! Wenn ich's nicht als Komiker schaffe, verdiene ich mein Geld mit Kuppelei. Bist du schon aufgeregt?«
»Und wie!«
»Kacke!«
»Wieso Kacke?«
»Wieso nicht!«
Darauf folgte eine längere Schweigepause. Schließlich sagte er »Tschüss!« und legte einfach auf.
Höchst seltsam, dieses Telefongespräch. Es hat mich ganz schön ins Grübeln gebracht.
Aber nun ist keine Zeit mehr für großartige Gedankenwälzereien. Soeben halten wir nämlich vor dem Hauptbahnhof. Kaum bin ich ausgestiegen, entdecke ich auch schon Raoul vor dem Eingang. Richtig toll sieht er aus in der weiten schwarzen Hose und dem schneeweißen Anorak. Mir ist so heiß, dass ich beim Näherkommen meine Jeansjacke aufknöpfe.
»Hi!«, begrüßt mich Raoul. »Du bist ja superpünktlich.«
»Das verdanke ich meiner Uhr«, erwidere ich intelligenterweise. Immerhin hab ich dabei nicht genuschelt oder gestottert.

Raoul zeigt auf meinen orangenen Overall. »In dem Ding siehst du aus wie die Typen von der Müllabfuhr.«
Dieses »Kompliment« hab ich zwar erst siebenhundertfünfundneunzigmal gehört, ringe mir aber trotzdem ein Lächeln ab.
»Gehen wir jetzt ins Kino?«, fragt Raoul.
Klar, wohin denn sonst? In die nächste Metzgerei? Ich nicke und wir setzen uns in Bewegung.
»Wahnsinnig viele Junkies hier«, sagt Raoul, während wir über den Bahnhofsvorplatz tigern. »Fixen ist wirklich 'ne üble Sache.«
Ich mache ein überraschtes Gesicht. »Echt? Und ich dachte immer, das wäre so gesund wie die Schutzimpfungen gegen Grippe.«
Ungefähr zwanzig Sekunden braucht Raoul, bis er kapiert, dass ich nur einen Witz gemacht habe. Dann zwingt er sich zu einem müden Lachen.
»Warst du schon im neuen Film von Jim Carrey?«, fragt er.
»Ja, aber nicht richtig.«
»Was soll das heißen?«
»Dass ich von der Leinwand abgelenkt wurde. Der Typ, mit dem ich drin war, hat ein paar Mal meine Brüste mit seinem Popcornbecher verwechselt.«
»Äh, verstehe«, behauptet Raoul, obwohl seine Miene eher das Gegenteil verrät.
Die Sprüche, die ich so von mir gebe, sind wirklich nicht übel. Dass meine Nervosität bereits bei der Begrüßung völlig verflogen ist, wundert mich selbst.
Wir betreten das Kino. In der Eingangshalle herrscht ziemliches Gedränge.
»Ich lad dich natürlich ein«, verkündet Raoul lässig und

geht zur Kasse. Ich gucke mich um, ob vielleicht jemand aus unserer Schule hier rumläuft. *Wisst ihr, wen ich gestern zusammen mit diesem Schönling vom Görres-Gymnasium im Kino gesehen hab? Die fette Michelle!*
Ich hätte nichts dagegen, morgen auf dem Schulhof Gesprächsthema Nummer eins zu sein.
Plötzlich zucke ich erschrocken zusammen. An einem Cola-Automaten lehnt ein Typ, der sein Gesicht hinter einer BILD-Zeitung versteckt. Das heißt, versteckt ist wohl kaum der richtige Ausdruck. In die Zeitungsseiten hat er nämlich zwei große Löcher geschnitten, durch die er mich anstarrt.
Shahid!
Lachend gehe ich auf ihn zu und rupfe ihm die Zeitung aus der Hand.
»Was soll der Quatsch?«
Er verzieht keine Miene.
»In welchen Film willst du denn rein?«, frage ich ihn leicht verunsichert.
Seine Mundwinkel zucken, aber er schweigt. Auf einmal dreht er sich um, holt zwei Münzen aus seiner Hosentasche und schmeißt sie in den Automaten.
»Michelle!«, höre ich Raoul rufen. »Michelle! Wo bist du?«
Shahid nimmt seine Sprite und verkrümelt sich, ohne sich noch einmal umzudrehen.
»Hier!«, sagt Raoul, der mich im Gewühl entdeckt hat, und drückt mir eine Kinokarte in die Hand. »Hunger? Durst? Cola? Eis? Popcorn? Lakritz? Such dir was aus!«
Erst zucke ich mit den Schultern, anschließend schüttle ich den Kopf. Shahids merkwürdiges Verhalten hat mich reichlich verwirrt.

Ich folge Raoul zum Aufzug, der uns hinauf in die zweite Etage bringt. Raoul erzählt mir irgendwas, aber ich höre ihm nicht richtig zu.

Was ist bloß mit Shahid los?, frage ich mich immer wieder. Warum hat er geglotzt wie 'ne beleidigte Leberwurst?

»Hey, stimmt was nicht?« Ein genervter Raoul zupft mich kräftig am Ärmel. Ich gucke ihn an und versuche zu lächeln. Irgendwie gehorchen mir meine Gesichtsmuskeln aber nicht mehr.

Nanu, was ist denn mit mir los?, frage ich mich jetzt. Da treffe ich mich endlich mit dem Jungen, für den ich wochenlang geschwärmt habe, und an wen denke ich, während ich neben ihm hergehe?

Mittlerweile sind wir im halb vollen Saal angekommen.

»Wo möchtest du gerne sitzen?«, fragt Raoul.

»Bloß nicht ganz hinten in der Fummelecke!«

Wir entscheiden uns für eine Reihe im hinteren Drittel und lassen uns in der Mitte nieder.

Ich schaue mich nach allen Seiten um, ob vielleicht auch ein gewisser schlaksiger Typ mit langem Hals zufällig hier im Saal ist, aber ich kann ihn nirgends entdecken. Seit einigen Minuten klopft wieder mein Herz wie verrückt. Auch das altbekannte Magenflimmern hat sich wieder eingestellt. Nur: Diesmal heißt der Verursacher nicht Raoul van Josten . . .

Der plappert munter vor sich hin und kriegt gar nicht mit, dass ich mit meinen Gedanken ganz woanders bin. Er wird erst still, als die Lichter ausgehen und die Werbung beginnt.

Die Spots kenne ich auswendig. Ich lehne mich zurück, schließe die Augen und will in aller Ruhe nachdenken.

Da flüstert Raoul mir ins Ohr: »Ist Jim Carrey eigentlich dein Lieblingskomiker?«
»Nein«, antworte ich.
»Wer denn sonst?«
Na wer wohl?
Blitzschnell zücke ich mein Portmonee, fische die Visitenkarte von Dennis D. heraus und drücke sie dem verdutzten Raoul in die Hand.
»Hier, deswegen hast du mich doch ins Kino eingeladen! Ruf ihn einfach mal an. Er ist echt nett. Ciao!«
Ich stehe auf, schlängle mich an zig Knien vorbei und verlasse den Saal. Oben im zweiten Stock ist von meinem Lieblingskomiker nichts zu sehen.
Ich rase die breite Treppe hinunter in die Eingangshalle. Und da steht er, direkt neben dem Cola-Automaten, und nuckelt an seiner Sprite.
Als er mich kommen sieht, grinst er breit über beide Backen.
»Auch 'n Schluck?«, fragt er und hält mir die Dose hin.
Ich strecke die Hand aus. Shahid schleudert die Dose in den nächsten Abfalleimer.
»Ist leider leer.«
»Blödmann!«
Wir gucken uns an. Ich weiß nicht, was ich sagen soll. Er anscheinend auch nicht.
»Gehen wir?«, murmelt er schließlich.
»Ja.«
Wir verlassen das Kino. Schweigend überqueren wir den Bahnhofsplatz. Dann gehen wir die Graf-Adolf-Straße entlang in Richtung Rhein. Kurz vor der Oststraße fängt es an zu gießen. Und als wir wenige Minuten später in die

Königsallee einbiegen, verhaken sich unsere kleinen Finger.
Es regnet den ganzen Nachmittag. Aber das stört uns kein bisschen.

5390

Genau zwei Wochen später platzt Valeskas Geheimnis wie eine Bombe.

Als Aische und ich morgens auf den Schulhof kommen, stürmt Stefanie uns aufgeregt entgegen. »Habt ihr's schon gehört?«

»Was?«

»Tut doch nicht so! Ihr habt's die ganze Zeit gewusst, stimmt's?«

Aische und ich wechseln einen verständnislosen Blick.

»Was haben wir gewusst?«, frage ich Stefanie.

»Das mit Strobel. Hat euch Valeska denn nie was davon erzählt?«

»Wovon?«

Stefanie guckt uns wütend an. »Wollt ihr mich verarschen?«

»Ich schwör's dir: Wir wissen von nichts!«, beteuert Aische. »Was ist mit Strobel und Val?«

»Frau Gretschmann hat die beiden gestern im Hofgarten zusammen erwischt. Sie haben sich umarmt und geküsst.«

»Valeska und Herr Strobel?« Mich trifft fast der Schlag. »Von wem hast du das gehört?«

»Von Susanne. Und die hat es von Isa-Maria. Und die hat es von ihrer Tante, die mit Frau Gretschmann befreundet ist.«

Aische schüttelt ungläubig den Kopf. »Das kann ja wohl nicht wahr sein!«
»Ist es aber. Frau Gretschmann ist im Hofgarten total ausgerastet und hat den Strobel richtig fertig gemacht. Wetten, dass er von der Schule fliegt?«
»Ist Valeska schon da?«
»Spinnst du? Die bleibt heute bestimmt zu Hause.«
Ich stoße Aische an. »Los, komm!«
Wir machen uns auf den Weg zur nächsten Telefonzelle.
»Wo wollt ihr denn hin?«, ruft Stefanie hinter uns her. »Es hat doch schon gegongt.«
Als ob uns das aufhalten würde . . .
»Wahnsinn!«, murmelt Aische immer wieder. »Wahnsinn!«
Ich bin absolut sprachlos. Valeska und unser Geschichtslehrer – unfassbar! Eher hätte ich es für möglich gehalten, dass mir Michael Jackson einen Heiratsantrag macht.
Mit einem Ruck reißt Aische die Tür der Telefonzelle auf. Mir zittern die Hände, als ich die Karte in den Schlitz schiebe. Beim Wählen drücke ich zweimal auf falsche Tasten.
Endlich meldet sich Vals Mutter. Sie hört sich nicht besonders erfreut an.
»Wieso seid ihr nicht in der Schule?«
»Sind wir ja«, antworte ich. »Könnte ich Val sprechen?«
»Wozu?«
»Wir . . . wir haben eben gehört, dass . . . dass sie gestern –«
»Eben gehört?«, wiederholt Vals Mutter ironisch. »Ihr wusstet es doch schon längst!«
»Nein.«
Natürlich glaubt sie mir kein Wort. Ich bitte sie noch einmal

Val ans Telefon zu holen. Sie zögert einen Moment, ruft dann aber doch Vals Namen durch den Flur.
Es dauert ewig, bis sie an den Apparat kommt.
»Ja?«
»Hier ist Michelle.«
»Und ich!«, sagt Aische.
»Schöne Scheiße, was?« Valeskas Stimme klingt bedrückt.
»Es tut mir Leid.«
»Hä?«
»Ich hätte es euch sagen sollen. Aber ich musste Thomas ... ich meine Herrn Strobel ... na ja, ich musste ihm schwören, dass ich es niemandem verrate.«
Tausend Fragen schießen mir durch den Kopf und dennoch fehlen mir die Worte. Aische nimmt den Hörer.
»Habt ihr denn ... seid ihr richtig ... das heißt, habt ihr ... du weißt schon ...«
Ich höre Valeskas verlegenes Lachen. »Nein, außer Knutschen ist nichts gelaufen. Auch wenn uns das wahrscheinlich keiner glaubt.«
»Wir schon«, sagen Aische und ich im Chor, worauf Val wieder lachen muss.
»Könnt ihr vorbeikommen?«
»Jetzt?« Aische guckt mich fragend an. Ich nicke. »Klar, wir kommen.«
»Danke. Bis gleich!«
Nachdem Aische aufgelegt hat, stößt sie einen tiefen Seufzer aus. »Und ich dachte immer, wir drei wären so wahnsinnig normal!«
»Echt? Ich dachte immer, wir wären normal wahnsinnig. Aber vielleicht gibt's da keinen großen Unterschied, oder?«

Aische zuckt mit den Schultern und hängt sich bei mir ein. In Zeitlupe schlendern wir zur Haltestelle.

P.S. Ich bin übrigens immer noch mit Shahid zusammen. Und Aische mit Anwar. Wir schmieden schon Pläne für unsere Doppelhochzeit.